Ce livre est une pure fiction...

L'histoire est le fruit d'une imagination fantaisiste, n'ayant aucun rapport avec des événements vécus !

Les personnages sont fictifs.

REMERCIEMENTS :

Remerciements à Nadine, et Jonathan pour leur précieuse collaboration, et leur soutien dans la réalisation de cet ouvrage humoristique.

<u>CHAPITRE 1</u>

Le printemps, sous les couleurs nancéiennes est amorcé. Pour nous, c'est une grande nouveauté. Le Rhododendron, dans la cour devant, se pare de ses plus belles fleurs écarlates. Nadine découvre, avec joie et admiration, les plantes qui s'épanouissent au fur et à mesure autour de la maison... Chaque matin, elle en fait le tour, observant de ci de là, les nouvelles pousses, et je l'entends s'écrier :

« Tiens, ça c 'est un lilas... »

Ou encore :

« Toutes ces tulipes... elles sont resplendissantes... !

Moi, ce matin, je suis dans le jardinet à l'arrière. Je grattouille la terre, et j'arrache les touffes d'herbes. Ce n'est pas ma passion, ça ne m'enchante guère...Ma femme m'a supplié de remettre la terrasse en ordre. Après cet hiver plein de neige, un sérieux coup de nettoyage et désherbage n'est vraiment pas anodin.

Ma mauvaise humeur se fait ressentir. Chaque fois que je passe à côté d'une mauvaise herbe, je ne peux que pester :

« Foutues herbes ! Vous m'énervez. Vous ne pouvez pas pousser chez le voisin.... ?»

Le bras gauche dans le plâtre, il faut reconnaître que ma tâche n'est pas facile ! Il y a trois jours, je suis rentré de vacances de ski avec cette belle fracture... J'en ai pour 8 semaines !

 Ma femme fait la sourde oreille sur mes lamentations. Elle prétend que je profite de la situation pour sombrer dans l'oisiveté la plus totale !

« Georges ! Tu ne vas quand même pas rester deux mois sans ne rien faire... ! »

Notre vie n'est pas monotone. Je suis plutôt du genre gaffeur, et n'en loupe aucune...mais en toute innocence ! Je n'y peux rien, je ne le fais pas exprès, le ciel me tombe souvent sur la tête... Nadine est du genre naïf, alors des bourdes, elle en commet aussi... mais son humour la rattrape vite, et elle se montre moins « casse-cou » que son mari...

Ce qui met du piment dans notre vie ! On ne s'ennuie jamais ! Notre complicité, malgré nos 13 ans de mariage, reste exemplaire.

Pourtant, si ma vie semble parfaite, elle est loin d'être banale. Je ressemble trait pour trait au premier secrétaire du parti socialiste, ce qui explique mon existence semée d'embûches. Nous avons déjà dû déménager à maintes reprises, et finalement, quitter notre Sud natal en fin d'hiver. Nous avons migré à présent en Lorraine.
On peut détester cet homme politique, ou lui vouer une passion quasi magistrale, mais dans notre ancien quartier particulièrement bourgeois, la vie était devenue infernale ! On me faisait subir toutes les misères du monde, uniquement parce que je ressemblais à cet homme. Je n'y pouvais rien. J'avais été pris en grippe par tout le voisinage, et j''étais devenu leur bouc émissaire...

Notre choix s'est porté sur une maison dans un petit bourg, près de Nancy, plutôt communiste, à l'opposé de la France, on espérait donc enfin évoluer en paix ! ....

Ma femme s'est bien adaptée dans sa nouvelle vie. Elle fait ses petites courses journalières à pied dans cette cité minière. Elle ne rate d'ailleurs, jamais le marché hebdomadaire. C'est une fine cuisinière...Moi, un vrai gourmet...

Une queue de cheval quasi journalière, sur sa chevelure rousse, un visage pigmenté aux nombreuses taches de rousseur, Nadine est un petit bout de femme ravissante...D'une nature dynamique, courtoise, bavarde, souvent pleine d'entrain, elle est tout mon contraire, plutôt lymphatique : « c'est vrai... » Dit-elle... Cependant, je n'hésite pas à raconter ma vie bourrée d'anecdotes...lorsque je suis de bonne humeur.

Elle travaille au domicile des personnes âgées, ce n'est pas une sinécure. Elle ne s'est engagée que partiellement, plus par amour du métier, et vocation, que pour des raisons pécuniaires... Notre situation financière est confortable, et plutôt que d'amasser, nous profitons de chaque opportunité qui s'offre à nous.

Le clocher de l'Eglise laisse tinter les douze coups de midi. Nadine me fait signe par la lucarne de la salle de bains, que le repas est prêt.

Épuisé par les petits travaux de jardinage..., je pénètre dans la véranda, et tapote mes chaussures pleines de terre. Le sol est encore mouillé du nettoyage matinal, je n'avais pas remarqué...ce qui attire la foudre de ma gentille épouse, qui ne manque pas de me l'exprimer ouvertement :

« Tu ne peux pas faire attention, ma parole, tu le fais exprès ! »

Clypsie, la chienne « berger blanc suisse » accourt, dans le même temps, pour me faire la fête et me bouscule, dans son élan...N'ayant qu'un bras, je ne peux m'accrocher et tombe à la renverse...sur le sol maintenant plein de gadoue.

Ma femme, irritée cette fois, jette sa colère sur les deux êtres de sa vie....

« Quel cirque ! Vous m'énervez tous les deux ! »

 Heureusement, il y eut plus de peur que de mal !

C'est ainsi ... Ma vie est un parcours sinistré, les dangers me guettent à chaque coin de rue..., mais notre couple tient bon !

Je travaille à la poste, dans la ville voisine, en tant que préposé. Ma mutation n'a causé aucun souci ! Mes anciennes collègues ont eu le cœur gros à devoir quitter « leur cher François »...

Je déteste qu'on me surnomme ainsi ... surtout que je me dis convaincu par la droite depuis belle lurette...

Je me rends à mon travail, en voiture, incognito... Personne ne me connaît encore ici ! Et puis, ma fracture m'oblige à rester clouer provisoirement à mon domicile, je n'ose à peine l'avouer, je suis un homme comblé !...

Notre couple n'a pas vécu la joie des naissances .... Et quand on nous questionne à ce sujet...c'est réciproquement l'autre qui ne pouvait pas. Nadine finit toujours par avouer qu'elle en a deux à la maison, c'est déjà bien assez...

Les élections vont avoir lieu dans un mois. Nicolas Sarkozy, bien que détesté, paraît-il, des français devrait pouvoir repasser sans problème. Il valait mieux. Notre vie était déjà assez tourmentée comme cela... il ne manquerait plus que le candidat de la gauche passe ! Mais ne parlons pas à l'avance de sujets qui fâchent... Nadine me soupçonne fort d'être proche d'une dépression nerveuse... Il est certain que j'ai de plus en plus de mal à supporter mon physique...

D'ailleurs, à la maison, ni elle, ni moi n'écoute d'émissions politiques....Elle, plutôt fleur bleue ne regarde que des films sentimentaux, et moi, humoristiques...Le tout étant de s'accorder sur un cinéma qui concilie les deux...

CHAPITRE 2

Ma perruque sèche sur un « buste femme » dans le jardinet à l'arrière. Je n'en aurai pas l'utilité durant quelques semaines...Nadine en a profité pour lui faire un bon shampooing... J'ai décidé que je ne prendrais plus de risques face à ma nouvelle direction... Si je me travestis pour me rendre à mon boulot, c'est justement pour passer inaperçu... les événements vécus, ailleurs, m'ont appris à adopter sagesse et méfiance...

La semaine, je porte donc généralement cette postiche aux cheveux châtains, alors qu'ils sont naturellement noirs, et des lunettes aux verres sans correction, afin de me donner un look totalement différent..., la monture est si excentrique que mes collègues ne voient que ça !

« Ne pas être reconnu comme tel ! » Dis-je souvent lorsque je me prête au jeu chaque matin...

« J'en ai marre qu'on m'appelle François... » Je soupire en évoquant cela...

Cette vie me pèse, énormément. La souffrance est bien réelle.

Si j'avais eu les moyens, c'est certain, j'aurais fait appel à la chirurgie esthétique. Mais je devais me rendre à l'évidence... et trouver la parade pour qu'on me fiche la paix !

Deux mois de répit... valaient donc de l'or...

Les premières élections fin avril arrivent. Dès le premier tour, François Hollande fait un tabac ! Je ne m'en reviens pas...Je reste confiant cependant, le deuxième tour va permettre aux français de réagir... Non, je ne vais pas m'inquiéter...quoique...

Pour ces présidentielles, nous étions encore inscrits dans notre ancienne ville du Sud, et nous avions reçu les procurations respectives... Ici, dans notre nouvelle cité, je n'avais pas besoin de me déplacer pour aller aux urnes, ni de me travestir....c'était déjà ça de gagner...

Je pratique, outre le ski, les marches dans la forêt. J'emmène Clypsie avec moi. Nous nous baladons parfois, durant des heures en toute quiétude. Nadine se fait souvent du souci, quand elle ne me voit pas revenir à l'heure...Son monsieur « catastrophe » est peut-être encore tombé dans un recoin de la forêt.... ce ne serait pas la première fois ! Surtout avec une perruque et des binocles à grosses montures rouges, cela fait désordre.

 Nous sommes dimanche, dernier tour des élections. Nadine a repéré dans la semaine, un restaurant sympathique, qu'elle aimerait bien découvrir. Elle s'est empressée de nous réserver une table pour aujourd'hui. C'est à une dizaine de kilomètres, en banlieue de Nancy, et il est bien côté.

Nous nous y rendons en voiture, moi, en costume cravate pour l'occasion, elle, parée de ses plus beaux habits. La petite Mercédès de classe B, genre monospace grise, arrive sur le parking. Nadine se gare. J'adore me faire conduire...le bras dans le plâtre ne me laisse en plus guère le choix...

Nous pénétrons dans le restaurant, et l'ambiance se fige immédiatement ! Nous en avons l'habitude et on en joue ! ... Moi, tout naturel, lance :

« Bonjour, Messieurs dames ! »

Personne ne répond... on entend juste quelques murmures ... « bonjour » de ci de là, la fourchette encore dans la bouche... pour certains, comme si le temps venait de s'arrêter.

L'entrée avait été fracassante...c'est le moment que j'adore le plus...provoquer subitement le chaos par mon arrivée...

Le maître d'hôtel nous installe à une table, dans cette atmosphère de panique ! Il en oublie même de demander si nous avons réservé, et de prendre notre nom ! Il nous présente immédiatement deux coupes !

Cette confusion me motive encore plus... Après tout, j'en vis les inconvénients chaque jour. je n'ai donc aucun remords à me prendre au jeu lorsque quelqu'un doute sur mon identité...

« Mais c'est le futur Président... ? » doivent-ils s'inquiéter....

Les discussions reprenaient doucement autour des tables... mais on ne percevait que des chuchotements... chacun de son côté murmurait pour que le voisin n'entende pas... Peu importe, nous étions à notre aise ! Et bien traités, avec ce doute évidemment....
Le patron du restaurant s'approche :

« Pardon, Monsieur, nous n'avons pas fait les présentations.... Excusez mon personnel... »

« Ce n'est pas grave » dis-je... d'un ton très sec !

« Mais, vous êtes... »

« Écoutez peu importe qui je suis, je désire être tranquille ici, et déguster vos plats, paraît-il qui ont bonne renommée... » Vous voyez ma cousine est un « fin gourmet »...

Cela coupe court à tout...

Nadine aimait être la cousine, dans ces moments-là !

« Bien, Monsieur, c'est tout en votre honneur... »

Finalement, le patron ne savait toujours pas à qui il avait affaire... et c'était tant mieux !

De plus, j'apprécie la finesse : Ma fourchette tombe, quatre employés accourent pour la ramasser... je renverse mon verre par maladresse, je suis resservi immédiatement et avec beaucoup de diplomatie, on ne peut vraiment pas m'en vouloir...! Nadine savoure le côté comique de cette situation confuse ... Elle, qui est au chevet des personnes âgées toute la semaine... Ici, au moins, elle vit un pur moment de détente paradisiaque !

« Est-ce vraiment lui ? » se questionnaient les gens...Le patron, stressé, courait de toutes parts dans la salle...les serveurs s'affolaient...

Voilà, pourquoi, j'entretiens ce doute au maximum... Mais uniquement dans les restaurants. Pas au travail, bien sûr, ça me rend assez fou furieux d'y aller chaque jour travesti ! Et ni dans la vie, en général.

Nadine sait déjà qu'elle va en profiter pour tester, de la même manière, toutes les cuisines étoilées de la ville... et il y en a...

L'addition se présente en fin de repas. La note est salée... quoique le champagne est offert en début et fin de repas, les cafés aussi, et une réduction a été appliquée sans en faire la moindre demande...

Elle n'est pas belle la vie ? Surtout quand on est du genre « gastronome ! Et qu'on apprécie les valeurs de certains chefs !

Nous quittons les lieux, sans se faire remarquer.... enfin, on essaie....discrètement...
Le patron accourt pour nous saluer. Je lui fais alors un signe de la main et sors, furtivement... pour esquiver toute discussion inutile...

Nous montons dans notre véhicule, et là, à peine démarré, et tourné au coin de la rue, que nos rires explosent...on ne se contient plus, on en pleure tellement on se marre...on évacue le stress... !

« Tu as vu le patron ? La tête qu'il a faite... ?

« Oui, et le maître d'hôtel, il perdait tous ses moyens... »

Et on rit à chaude gorge, se moquant de toutes les émotions qu'on avait pu créer... des quiproquos causés suite à ce doute certain sur la personnalité de cet étrange client...

CHAPITRE 3

Il est presque vingt heures. J'allume le téléviseur pour écouter le verdict des élections. Nadine traîne encore sur la terrasse. Elle profite de ces moments de chaleurs, trop rares dans la région... Originaires de Marseillan, près de Montpellier, nous avions des difficultés à nous adapter au climat du Nord Est. C'est comme si nous avions fui de là bas... le ras le bol, la complexité de notre vie nous avaient dicté ce choix d'être mutés ailleurs...Mais le soleil nous manquait cruellement...

D'un seul coup :

« Puce ? »

« Oui, Gastounet... »

Elle m'avait surnommé ainsi, eu égard aux nombreuses gaffes que j'avais commises... »

« Je ne suis pas dans la mouise... quelle catastrophe... devine ? »

 Nadine me répond en criant depuis la terrasse :

« Nonnnnnnnn, ne me dis pas que c'est Hollande qui a été élu ! »

« Si »

« Mon Dieu, quel cauchemar .... »

C'en était un pour nous ! C'est certain ! Droite ou gauche, je m'en foutais bien...J'espérais simplement, que Nicolas Sarkozy réélu, Hollande retomberait un peu dans l'oubli... que nous aurions enfin une vie moins compliquée !

Nadine, reste assise au soleil couchant, sans même esquisser le moindre geste, comme désabusée elle aussi...

Je referme la télé et vient siroter mon pastis en sa compagnie. Nous restons ainsi sur la terrasse en silence... chacun en fait, réfléchissant sur l'avenir proche et nos vies qui allaient encore se compliquer...

« Il faut pourtant continuer ... nous n'avons pas le choix » Soupire-t-elle !

« Oui ! »

Puis, subitement, d'un air convaincu, ce qui n'est pas dans mes habitudes, je me surprends par cette réaction soudaine :

« Après tout, le regard des autres, je m'en moque... outre le travail, dorénavant, je ne prendrai plus de gants, J'en ai ras le bol ! Je ne vais pas pourrir ma vie pendant cinq ans, voire dix ! »

« Qu'on me confonde avec lui ou pas, n'aura plus d'importance...j'en prends la ferme résolution ! Je vais aller voir un psy pour qu'il m'aide à passer ce cap ! »

« Oui, tu as certainement raison » se résout Nadine...désabusée, témoin des difficultés journalières que je rencontrais.

« Pour l'instant, tu as encore quelques jours à passer à la maison. Il vaut mieux que tu restes tranquille...

« Oui, Mais dès demain, je prends rendez-vous, en urgence avec un Spécialiste. »

La température décline fortement, la fraîcheur de la nuit s'installe... Un vent léger caresse nos épaules. Nous décidons de rentrer nous coucher. Surtout ne pas allumer le téléviseur, dont les chaînes inondent certainement de photos du nouveau chef d'état...

Nadine ne supporte plus de voir son visage à la télé ! Et son « Gastounet » encore moins....

Non pas parce que je déteste mon physique, loin de là... Mais cet homme politique et de surcroît public perturbe largement mon quotidien.

Le lendemain, je prends le combiné du téléphone et compose un numéro :

« Allo, oui bonjour, je souhaite un rendez-vous, de toute urgence... »

L'interlocutrice :

« Qu'appelez-vous « de toute urgence » ? »

« Bien, si possible aujourd'hui, pourquoi pas, vous avez bien des patients qui se désistent non ? »

« Oui, mais pas toujours heureusement... »

« Dites-moi ? Je vous écoute... »

« Ce soir, si vous le voulez, à 18 heures... »

« C'est parfait ! »

A l'heure du rendez-vous, je sonne à la porte. La salle d'attente est vide. Je ne me suis pas caché derrière des tas d'accoutrements...La secrétaire n'est plus là. Je patiente...

Le spécialiste arrive. A ma vue, il fait un bond en arrière...surpris par ce qu'il vient d'apercevoir...

« Monsieur ? »

« J'ai rendez-vous avec vous à 18 heures.. »

Le médecin me regarde, hébété ...paralysé... cherchant ses mots...

« Je vois... »

« Entrez s'il vous plait dans mon cabinet. »

A voir la tête du psy... on se demande qui avait besoin de soins...

Il s'assoit après m'avoir proposé de m'installer confortablement...puis :

« C'est une blague que vous me faites ? »

« Non ! J'en ai l'air... ? »

« Vous avez une caméra ? C'est quoi cette histoire... ? Vous n'êtes pas par hasard le Président de la République, fraîchement élu, qui viendrait le lendemain chez un psy incognito... ? »

« Pourquoi viendrait-il ? »

« Parce qu'il a gagné les élections, et que ça le perturbe... »

« Si vous le pensez...Mais, avez- vous vu votre réaction ? Alors imaginez- vous à ma place ? Je lui ressemble comme deux gouttes d'eau, ma vie est un enfer ! Et j'ai besoin que vous m'aidiez... »

Notre médecin reste incrédule..., béat, et néanmoins inquiet par cette peur d'être piégé !

Il commence par me poser des tas de questions, mais je sens bien qu'à sa voix, il doute énormément... j'ai pourtant un réel besoin de me confier... oui ! À quelqu'un qui pourrait enfin m'écouter !

Je lui confie :

« Jusque là, à part dans mon travail, je gérais la situation. Aujourd'hui, ça se complique... »

Subitement, le praticien s'éclate de rire.... :

« Bon, allez, si je dois vous soigner, dites-moi franchement qui vous êtes ? »

« Docteur, vous vous moquez de moi ! Je m'appelle Georges... Georges Franklin ! »

Et là, le médecin craque... il part dans un fou rire... qu'il ne parvient même plus à contenir...

« Excusez-moi, Monsieur, c'est nerveux ! »

« Je vous en prie ! »

« Vous n'avez vraiment pas de chance, Monsieur Franklin !... Comment peut-on s'appeler ainsi et ressembler comme deux gouttes d'eau au nouveau Président ! »

« Remarquez que vous auriez pu vous appeler aussi Georges Marchais... » Et il en pleure tellement il ne maîtrise plus les émotions.

J'étais vexé !

« Au moins, je suis ravi de vous apporter de la bonne humeur, vous ne devez pas souvent rire dans votre métier... ! » dis-je en grommelant.

Il acquiesce, en remuant la tête de haut en bas...et sort un mouchoir en papier pour s'essuyer les yeux !

Le rire du praticien devient tellement communicatif, que je finis par céder, moi aussi...Nous voilà tous les deux en train de nous esclaffer...puis, d'un sel coup, et d'une voix grave, je l'implore :

« Prenez-moi au sérieux, je vous en supplie ! »

 « Écoutez, monsieur, je suis abasourdi par cet épisode, comprenez-moi, je ne m'attendais pas à une telle visite... Il faut que je digère un peu tout çà. Si vous l'acceptez, je reporte le rendez-vous à demain soir... »

« Mais pourquoi ? »

« Parce que, vous comprenez, je ne suis pas en état de vous écouter, ni de vous conseiller... faut que je réfléchisse... à votre problème avec calme et sérénité.

Incroyable ! Même mon psy était perturbé !

« Et moi, vous me comprenez, docteur ? »

« Oui, ma thérapie peut attendre 24 heures, ne vous inquiétez pas... »

« Dites-moi, au moins, vous appréciez sa politique... ? » s'enquiert le médecin

« Pas du tout, vous voyez … »

Il se remet à rire…

« Là, vous marquez un bon point, Monsieur… moi, non plus ! À vrai dire, je ne m'attendais pas du tout à ce qu'il soit élu, et lui encore moins ! »

« Pauvre, Monsieur Franklin… alors si ce n'est pas le coup de foudre…excusez-moi pour le jeu de mots…, je vous plains de tout mon cœur. »

Je rentre chez moi, dépité…Je repense à cette conversation avec ce médecin…

« Ça promet… ! »

« Quel cauchemar ! »

A peine rentré, Nadine me demande :

« Alors, mon Gastounet, tu te sens soulagé ! Tu as pu vider ton sac auprès du docteur ? »

« Si tu veux, on reparlera de tout çà demain… Je pense que mon psy n'est pas prêt de fermer l'œil, également cette nuit… »

<u>CHAPITRE 4</u>

Dans notre village, les conversations vont bon train. Chacun débat sur la bonne ou mauvaise nouvelle de l'avant-veille. Nadine se promène entre les étals du marché, se gardant bien de tout commentaire... Elle écoute, les uns, les autres...chacun refaisant le monde à sa manière...

On ne ressent même pas d' emballement, ni d'enthousiasme qui devrait être évident, puisque les gens d'ici s'affichent principalement de la gauche.
Les premières bourdes du président font parler...Certains ricanent ou d'autres tournent ça en dérision...

Moi, je passe mon temps sur la terrasse ou dans le jardin...Je n'ose plus sortir ! Ni me montrer publiquement...

« A quoi bon ? »

« Pour m'en prendre plein la vue... ? »

Nadine me rassure :

« Tu sais, si c'est un bon président, ça changera peut être notre qualité de vie ? »

« Pour l'instant, même le psy se moque de moi alors ... »

J'étais las...fatigué de devoir toujours me planquer...

Le lendemain soir, je décide de ne pas me rendre chez le médecin. Je repousse le rendez-vous pour la fin de semaine... moi aussi, j'avais besoin de digérer...

Demain, tu dois aller faire retirer ton plâtre...

« Ah oui, j'oubliais... je vais encore rencontrer le docteur qui ne jure que par le programme de la Gauche !

« Ma foi ! Il prendra encore plus soin de toi peut-être… »

Le téléphone sonne.

« C'est l'association des bons marcheurs. » Vous êtes nouveaux ici, et nous avons appris que votre mari excelle dans ce sport. Aussi, plutôt que de marcher seul, nous souhaiterions qu'il s'inscrive à notre club. Ce serait sympa… »

« Je vous le passe. »

J'ai souvent du mal à dire « non ». J'écoute sagement mon interlocutrice et promet de passer le lendemain, après mon rendez-vous médical, sans lui donner plus de précision.

Le soir tombe, je suis resté tout l'après-midi, assis dans mon fauteuil, sur la terrasse… à méditer sur le futur comportement à adopter les prochains jours…Je ne pouvais pas compter sur un psy, je me devais de réagir !

Le lendemain, après l'hôpital, je me rends au club de marche.

Mon bras n'est plus lourd…. Je me sens libéré… cela me donne du baume au cœur pour m''abandonner un peu plus à mon sport favori.
Je me rends à l'adresse indiquée. Surpris par la structure du bâtiment, très petite…. je me demande si je suis au bon endroit !

Je frappe à une porte, et j'entends :

« Entrez ! »

J'ouvre…

Je passe juste ma tête dans l'entrebâillement…

Et là, coup de tonnerre… une femme d'une quarantaine d'années, assise sur un tabouret, se lève brutalement, recule en me voyant, fuit dans la pièce attenante…

L'effet d'une bombe encore une fois ! Comme si le ciel lui était tombé sur la tête…

Je l'entends téléphoner à je ne sais qui…

Je ne panique pas. J'attends…. je suis habitué à ce genre de réactions. Avant les élections, je serais intervenu, mais à présent, j'en avais un peu ras le bol, après tout, « laissons faire….. »

Elle ne revient pas de suite. Je patiente encore… le téléphone sonne et « re-sonne ». Je l'entends répondre, mais ne perçoit rien des discussions.

Au bout de quelques minutes, Elle me rejoint affolée !

« Pardon, euh, Monsieur, je vous en prie, mettez-vous à votre aise, attendez, je vais vous chercher un siège plus confortable… »

« Cette chaise est parfaite pour moi. N'ayez donc aucune crainte !... Je suis simplement pressé ! Vous comprenez ? Je ne dispose pas beaucoup de temps ! »

« Oui, oui, euh ! » elle en bafouillait...

« J'arrive de suite... »

Quelques minutes plus tard, j'entends au dehors, un brouhaha pas possible... je ne pouvais rien entrevoir, les fenêtres étant teintées. »

L'employée de l'association revient vers moi. Elle ne dit mot, me regarde bizarrement ... et attend près de l'entrée...

Subitement, la porte s'ouvre, et une nuée de personnes entre avec précipitation... Des journalistes, la gendarmerie locale, le maire, le député de la région.... bref ! Toute l'assemblée était réunie.

Je retiens mon souffle. Je suis incapable de prononcer un seul mot !

Les journalistes me bombardent de photos...

J'étais vêtu d'un jogging, certes classe, puisque c'était mon dernier cadeau d'anniversaire, mais quand même !

Entretemps, Nadine qui commence à s'impatienter m'appelle sur mon portable. Je prends la décision de lui répondre, malgré tout.

« Oui, ma chère cousine, vous voyez, je suis très occupé, vous entendez la foule derrière moi... ? Excusez-moi ! »

Elle ne pouvait que saisir la situation, dans laquelle je m'étais fourré...

Pendant ce temps là, en quelques minutes, le bureau se transforme en véritable studio d'enregistrement... certains déballaient des tapis, ... d'autres des photos d'officiels... d'autres encore des fauteuils ou encore...des plantes dans chaque coin....

Qu'à cela ne tienne, et au risque d'être pris au piège, je laisse faire.......Je reste stoïque face à ce déferlement...

Le maire s'adresse à moi, en me tendant la main :

« Monsieur le président, vous nous faites l'honneur de visiter, aujourd'hui par surprise, nos locaux de l'association sportive. Vous répondez ainsi, agréablement, à notre attente, et ne regrettons nullement le choix d'avoir voté pour vous ! »
Et vas-y donc que je te gratte le poil dans le bon sens...Incroyable ! J'étais certain d'avoir bousculé toutes leurs habitudes...pourtant ils se disaient ravis...

Je ne réagis pas aux propos du Maire. Je salue l'assemblée, en passant de l'un à l'autre.
Je ne me « dégonfle » même pas, ne me pose aucune question sur la gravité de la situation.
Après tout...pourquoi donc ?...

Comme si j'étais en plein rêve.... ou cauchemar.....

Ensuite, le maire me demande si mes promesses sur les clubs sportifs seraient tenues.
Là, je réponds :

 « Écoutez, les élections viennent à peine de se clôturer. Le mandat du président dure cinq ans... Ayez confiance en l'avenir... »

Je n'avais rien dit, ni promis, mais tout le monde applaudissait !

De plus, j'avais pris soin de ne pas parler de « moi » ...de n'utiliser aucune phrase commençant par « Je »... mais uniquement de m'adresser à la troisième personne ....

A force de me retrouver dans de telles situations cocasses, j'avais acquis de l'expérience...

Ce sont les autres qui se piégeaient tout seul : comment pouvait-on imaginer que le président de la république arrive dans une si petite bourgade, en jogging ! En visite officielle... ! ! ! ils étaient d'une naïveté incroyable, et ça m'amusait ! J'étais sidéré...de les observer...

Malgré tout, je prends vite conscience, qu'il va falloir me sortir rapidement de cette situation inconfortable......

Je ne dis rien... il y a un tel brouhaha dans cette pièce....Tout le monde parle en même temps, le député en profite pour discourir... les journalistes sont excités, à l'idée de tenir un scoop...

Je m'excuse auprès du maire. Je prétends devoir passer un appel téléphonique...en toute discrétion. IL me fait passer à l'arrière, et referme les portes. Enfin seul pour réfléchir...

J'appelle Nadine pour lui raconter ma mésaventure.

Bien sûr, elle éclate de rire, et moi aussi...

« Ça » me dit-elle, c'est une sacrée thérapie ! C'est génial... surtout reste calme, je vais te sortir de là....

« Et comment ? »

« Ne t'inquiète pas, j'ai ma petite idée... »

Je reste encore assis quelques minutes. J'apprécie ce moment d'être seul et me sens bien !
Je récupère, je reprends mon souffle...

J'ouvre enfin …discrètement la porte qui me conduit dans le bureau d'accueil.
Tout le monde était au champagne…. Finalement, l'occasion était belle, pour eux, ils n'avaient pas besoin de ma présence….

Le téléphone de l'association sonne.
L'employée décroche. Elle vient solliciter le premier élu de la ville :
« On vous demande au téléphone, Monsieur le Maire… »

« Allo, oui, Qui est à l'appareil ?

« C'est la conseillère du président. »

« Enchanté Madame, que puis-je pour votre service ? »

Monsieur le Président a un autre rendez-vous surprise. Pouvez-vous l'aidez à quitter vos locaux en toute discrétion, c'est très important… je compte sur vous, Monsieur le maire… Un taxi va venir le récupérer, incognito.»

« Euh oui, je m'occupe de ça, n'ayez aucune crainte.»

Il revient me voir, et chuchote à mon oreille…

« Monsieur le président, on vient de me souffler que vous avez un agenda bien chargé, pouvez-vous me suivre, je vous fais sortir par l'arrière du bâtiment… »

« Oui. »

Là, il me mène sur une porte de secours, l'ouvre, et me dit : »

« Bonne chance pour votre nouveau mandat, Monsieur le président…Un taxi vous attend. Encore merci pour cette visite inopinée, on ne l'oubliera jamais…»

« Moi non plus », pensais-je….

Je ne réponds pas. Je le salue. Et m'enfonce à l'arrière du Taxi.

Ma femme suivait avec notre voiture. Le chauffeur de Taxi n'avait pas eu le temps de me dévisager… ouf, au moins celui-là me foutrait la paix !

Arrivés à la maison, les rires fusent…, des rires bien nerveux ! Mais pour une fois, j'étais fier de ne pas avoir cédé à la panique… et d'avoir assumé jusqu'au bout !

Nadine me raconte le coup du téléphone à l'association :

« Notre nouveau président a bien quelqu'un qui se charge de ses affaires ? …et actuellement, personne ne sait encore qui fait quoi… alors je me suis fait passer pour la conseillère du président, et ça a marché.»

L'ambiance était au summum! J'avais du mal encore à croire ce que je venais de vivre !
J'étais tellement surpris de ma réaction face à cette situation inconfortable... que
finalement, je ne pouvais qu'être confiant pour l'avenir....Je me sentais en pleine forme. Je
répétais sans cesse, comme incrédule :

« Quel culot, quand même.... »

Et Nadine :

« Tu vois, maintenant que tu as fait le premier pas, ...il suffit de continuer sur la même voie...
Ignorer l'instant présent, et laisser faire. Après tout, ce n'est pas de ta faute... depuis 13 ans
que je te connais, c'est la première fois aujourd'hui, que tu as eu un comportement digne et
courageux. T'es resté stoïque face à l'événement... BRAVO ! Georges ! »

Elle-même était émue en me disant cela....les larmes lui montaient aux yeux.

« Prends tes distances... comme tu l'as fait ce soir, et tu sortiras toujours vainqueur... »

« Et puis de toute façon, tu n'as pas le choix pour ces futurs 5 ans. Si tu adoptes cette
attitude détachée à chaque fois, tu seras mon héros ! D'accord ? Mon président ! »

CHAPITRE 5

Le journal local ne parle que de ça ! La visite surprise du président... Les photos sont nombreuses. On lui prête des propos inexistants... Peu importe... la visite a été, paraît-il intéressante, et fructueuse... il y eu de nombreux entretiens avec les élus.... bref ! Du n'importe quoi !

Nadine commence à s'inquiéter... :

« On va avoir des problèmes, mon Gastounet... »

« Ah oui ! Et pourquoi ? »

« Le président va démentir sa visite.... et on va nous tomber dessus ! »

« Mais pourquoi nierait-il sa présence ici... ? Les journaux ne parlent de lui qu'en bien ... après tout ! »

« Tu crois ? »

« Mais les photos du président en jogging ? »

« C'est plausible, après tout, il se rend à l'improviste dans une association sportive ! Et puis, personne ne sait comment seront ses tenues en tant que nouvel élu ! Sarkozy se montrait bien en short ! »

Je continue à la rassurer...

« C'est sûr, c'est de la publicité gratuite pour lui... tant que cela ne lui porte pas préjudice ! Crois un peu en notre bonne étoile...Puce. Après tout, c'est moi qui devrais porter plainte contre lui, pour le cauchemar que je vis depuis plusieurs années... »

« Et je te rappelle, que je ne me suis jamais présenté comme le président de la République, à l'association... ce sont eux qui m'ont traité comme tel ! »

Le téléphone sonne, il est presque midi.
Cette fois, c'est moi qui décroche....

« Allo. »

« Oui, bonjour, je vous ai appelé hier. J'ai attendu votre passage pour l'inscription au club. Vous avez oublié, je pense… »

« Non, lorsque je suis arrivé devant vos locaux, j'ai été effrayé par tout un remue-ménage… je ne sais pas quelle manifestation il y avait…j'ai pensé que j'arrivais au mauvais moment. »

« Oui, c'est vrai, Monsieur, nous avons eu la visite surprise du nouveau président de la république, vous voyez, j'en suis encore toute émue… »

« Ah bon ! Le président en personne ? C'est un honneur pour vous ! »

« Oui, il a pensé à nous en premier, vous rendez-vous compte ? »

« Incroyable ! »

Je ne sais plus quoi répondre…Ne surtout pas rire…

« Vous voyez, notre club est important. Ce serait bien qu'il s'enrichisse avec de nouveaux membres de votre qualité… »

« Oui, madame. »

Je n'avais plus du tout envie de réapparaître dans cette association…ou tout du moins sans me travestir .C'était le passage obligé !

«   Moi, vous savez, je suis un solitaire, et j'aime courir avec ma chienne… »

« Vous pouvez l'emmener aussi, lors de nos sorties. »

« Je réfléchirai, promis. Mais là, je ne dispose plus de temps matériel pour venir ! »

« Ok, monsieur, mais sincèrement, n'hésitez pas à vous inscrire… »

Je raccroche après l'avoir saluée.
On s'éclate de nouveau, tout cette situation prête à rire, quelle naïveté de la part de tous ces élus....

Pour l'heure, on est certain que le voile n'a pas encore été levé sur cette étrange visite du président....

« Nous pouvons déjeuner tranquille ! »

C'est ce soir, que j'ai rendez-vous de nouveau avec mon psy. Je stresse à l l'idée de le revoir...

Nadine propose de m'accompagner...

« Non, rassure toi... je suis assez grand pour faire face à mes responsabilités. Tu sais, j'en ai pour cinq ans... »

J'avais l'air épanoui... cette histoire avait dû me « booster »...

La liesse des lendemains d'élections commence à faire place à de lourdes inquiétudes. Le président n'inspire pas forcément confiance au peuple.

Les langues se délient peu à peu...

Je regarde de plus en plus souvent les informations. Je me documente... il ne faut pas avoir l'air ignare en cas de nouvelle situation inopinée...Mais comme je n'y comprends rien, j'ai souvent recours à l'aspirine le soir...

J'arrive au cabinet.

La secrétaire a déjà quitté son poste.

Je suis à peine assis, que le médecin vient me chercher...

« Bonjour, Monsieur Franklin.. » Lance-t-il d'un ton ironique...

« Suivez-moi, on va s'installer à mon cabinet... »

Je reste calme....à mon grand étonnement d'ailleurs...Je commence à savourer ce genre de situations...

On s'assoit...

« Alors, dites-moi, Monsieur, comment allez-vous, depuis votre première visite ? »

« Moi ! bien ! »

« Ah ! »

« Vous, par contre, je pense que d'ici quelque temps, vous n'irez pas bien... »

« Et pourquoi, donc ? C'est moi le psy... »

« Oui, mais je vous ai menti la première fois... »

« Quoi ? Vous voulez dire que vous êtes réellement le Président ? »

Je réponds avec un sang-froid incroyable !

« Oui. »

« Ça alors... »

Le psy panique...

« Attendez, Monsieur le président de la république, je vous présente mes excuses les plus sincères.... »

« Pourquoi ? »

« Parce que je me suis tellement moqué de vous la dernière fois... je suis consterné, abasourdi... »

« Vous voyez, moi, je vais mieux ! Merci pour votre thérapie ! Elle a été efficace ! »

« Mais attendez, pourquoi venir me voir, moi, et pas un psy de la région parisienne ? »

« Incognito mon cher docteur... »

Le médecin est atterré !

« Avec tout ce que je vous ai confié la dernière fois, sur ma conviction personnelle en politique, et tout ...et tout... ! »

Il poursuit....

« Mes moqueries... mon rire ! J'ai dû drôlement vous vexer, Monsieur le président... »

« Appelez-moi François, après tout, je ne suis que votre patient... »

« Je ne peux pas... »

« C'est peut-être vous alors, qui avec vos complexes, avez besoin d'une thérapie... je suis un homme comme les autres face à la maladie... »

« Peut-être... tout ça me perturbe, Monsieur le président... »

« François, dites François... allez-y... »

« Euh ... Fran... non, je ne peux pas... »

« Vous souffrez d'un complexe d'infériorité... Vous savez, j'ai des relations, je peux vous aider à vous soigner, j'en connais de bons sur Paris... vous irez incognito... »

Le regard hagard, notre médecin ne savait plus quoi ajouter... Il était effondré...

Il essaie de se ressaisir...

« Vous êtes venus à mon cabinet pour recevoir des soins. Après cette situation confuse, pouvez- vous m'expliquer de quoi vous souffrez... ? Monsieur le président François Hollande...»

« Je suis venu, parce qu'au soir des élections, quand j'ai entendu « François Hollande est le nouveau président de la République... » Je suis resté sans voix !!! Excusez-moi pour ce jeu de mots... Mais J'étais tellement ébahi par cette nouvelle...que la nuit même, je me suis dis qu'il fallait que je me fasse aider en urgence par un psy... »

Je poursuis :

« Comprenez-moi... juste une ou deux séances, de manière à mieux aborder le mandat... »

« J'ai alors demandé à ma conseillère de me trouver un psy en province... pas de bol, c'est vous qu'elle a choisi... »

« C'est tout à mon honneur... »

« Je pense qu'elle ne l'a pas fait exprès, vous êtes des milliers en France... »

Outré par tout ce qu'il venait d'entendre en quelques minutes notre docteur se sent de plus en plus mal ...

« J'ai raté ma mission, je ne suis qu'un minable médecin de province... »

« Non, allons un peu plus de dignité, je vous en supplie... »

« Que puis-je faire pour me rattraper ? Monsieur le président François Hollande... »

Il avait bien du mal à m'appeler « François »...

« Votre rencontre m'a permis de réfléchir. Je vais beaucoup mieux... je suis prêt dorénavant à faire face à mes responsabilités... et à diriger le pays...»

« Je ne vous reverrai plus alors ? »

« Si, je n'ai pas l'attention de vous laisser avec votre mal de vivre, docteur... c'est aussi un peu de ma faute...Fixez-moi un autre rendez-vous, un ultime, pour la semaine prochaine, un soir, ça me convient bien... »

Je quitte le cabinet, en ayant salué le médecin, sans cérémonie. Et sans me retourner...

Et surtout, sûr de moi... sans laisser échapper la moindre émotion...

Je rentre, soulagé à la maison...

« Puce, j'ai réussi l'exploit du siècle... »

« Ah oui ! Ne me dis pas que tu t'es fait avoir encore ? »

« Non, c'est moi qui ai piégé ce médecin... »

Et je lui raconte tout.... Ah ! J'étais fier... de cette réussite, d'avoir eu un tel aplomb, sans jamais montré la moindre émotion ! Encore médusé d'avoir « berné » si facilement ce psy, qui, s'était bien moqué de moi. J'avais même réussi à inverser les rôles....la vengeance était consommée !

CHAPITRE 6

Mon arrêt de travail se termine. Les dernières radios du jour ont démontré un excellent pronostic. La fracture est refermée. La semaine prochaine, hélas, je retourne à mon bureau. J'angoisse déjà à l'avance pour cette reprise.

Il va falloir de nouveau, affronter les collègues avec perruques ... et lunettes...

« Peut-être l'accepteras tu mieux à présent ? » soupire ma femme.

Certainement ! J'aspire simplement sur le fait qu'on se mette à ma place, j'en ai marre de me déguiser... cet accoutrement est difficile à supporter toute une journée, sachant en plus, que cela fait deux mois que j'ai perdu cette habitude... »

Ce weekend end, une ballade avec Clypsie est au programme. Pour une fois, Nadine accepte de nous accompagner...

Une table est de nouveau réservée dans un grand restaurant, pour le lendemain. Nous avons simplement décidé de nous éloigner un peu, de nous enfoncer un peu plus au cœur de la Lorraine, et de quitter provisoirement cette banlieue de Nancy... il fallait se faire un peu oublier, par ici....Il faut avouer aussi que nous n'avons que l'embarras du choix, les grandes tables ne manquent pas dans cette région sinistrée certes, par la météo, mais riche en animations pour son passé historique et sa culture.

 « De toute façon, on ne triche pas... on laisse supposer, c'est tout .... Oui, on profite aussi, de la naïveté des autres...et en prime, de l'effet de surprise.»

« Cependant, il ne faut peut-être pas en abuser... mon Gastounet... » Ajoute Nadine, tout en essayant de se convaincre plutôt elle.

Georges ouvre le coffre de la Mercédès. Clypsie saute à l'intérieur immédiatement... Elle adore les promenades... elle ne se fait pas prier...

Au volant, Georges ne craint rien, les vitres sont teintées....Nous avions pris cette option par prudence à chaque renouvellement du véhicule.

Il est tôt ce matin, nous avons emmené le casse-croûte pour midi, histoire de varier nos habitudes, surtout que la météo se montre dans son meilleur jour...

La voiture roule jusqu'aux abords d'une forêt, et d'un étang, à une vingtaine de kilomètres plus loin. Georges connaît maintenant l'itinéraire par cœur....

Ce jour-là, c'est l'imprévu... Nous n'étions pas seuls... des chasseurs avaient pris possession des lieux... Les chiens étaient nombreux....Les hommes, fusils à l'épaule, étaient tous réunis devant l'orée du bois...

Ils nous ont vus arrivés, se sont retournés brièvement, et ont repris de suite leur « briefing »

« Qu'est-ce qu'on décide ? Ma puce, Je crois qu'on n'est pas les bienvenus... »

« Clypsie risque d'être en danger ici ! ... »

« Oui, je le pense aussi.. »

« Attends, je vais leur demander s'ils chassent toute la journée... »

« Non ! Georges, attends, j'y vais ! Moi ! »

« Pas question, j'affronte la réalité... »

Je sors du véhicule, referme doucement la porte derrière moi... et me dirige vers le groupe... avec une sérénité étonnante.

« Bonjour Messieurs... »

« Oh ! Bonjour... » Répondent les chasseurs, surpris en m'apercevant...

Je les questionne d'emblée :

« Vous restez là toute la journée... ? »

Je me vois encore les apostropher sans aucune gêne...et avec un sang-froid, qui me caractérise depuis quelques jours seulement...

Pendant que je m'entretiens avec eux, je remarque les hommes se faire du coude discrètement... Je fais semblant de n'avoir rien vu !

« Euh! Non...on part justement... »

Je réponds, naïvement :

« Je ne voudrais surtout pas gâcher votre journée de chasse... »

« Non, Euh, Monsieur le président....euh ! Monsieur.... nous partons... »

Je n'ai même pas eu le temps de regagner mon véhicule que nos chasseurs rebroussent chemin...

Je reste planté là... stupéfait par leur réaction...et leur départ si rapide...

Nadine sort de la voiture...

« Mais que leur as-tu dit cette fois ? »

« Rien, justement, ils m'ont regardé... ça a suffi.. » Ils ne savaient pas si c'était, comme on dit en Lorraine, « du lard ou du cochon... » Ils ont pris la poudre d'escampette. La voie est libre ! »

« Oh ! Toi alors ! » S'esclaffe Nadine...

« Je suis content d'avoir pu sauver la vie de quelques animaux provisoirement ! »

La journée se poursuit ensuite sans anicroche... un pur moment de détente dans les bois lorrains.

Au retour, des manifestations ont lieu...le trajet est plus long... il y avait des gens qui défilaient... soi disant pour ou contre le mariage Gay... Nous ne nous sentions pas concernés... ou si peu ! Cependant, si nous avions fait le plein d'oxygène durant quelques heures, là, on avait tendance de nouveau à stresser.

Nadine soudain, dit en regardant certaines personnes défiler :

« Regarde Gastounet, ils ont aussi des postiches... ça ne les gêne pas du tout... tu devrais prendre exemple sur eux ! »

« Oui, mais là, ils sont tous ensemble. Pris chacun indépendamment, je ne suis pas certain de les voir évoluer aussi sereinement... »

J'essaie surtout de me convaincre.

« Ces gens, de toute façon, je les respecte...même si je ne me sens pas concerné....Après tout, chacun ses problèmes... Ils ne portent pas une perruque pour les mêmes raisons d'ailleurs ! »

Les gendarmes surveillent à un carrefour... ils arrêtent de temps à autre une voiture, pour en contrôler les papiers....

Arrivés à leur hauteur, ils nous sifflent et nous demandent de nous garer sur le bas-côté, un peu plus loin...

« Ça recommence... ! » murmure Georges qui se trouvait au volant

Il ouvre sa fenêtre, lorsque l'agent arrive à sa hauteur...

« Bonjour, Monsieur, les papiers du véhicule ? S'il vous plait... »

Puis l'officier de police, me regarde... me demande si j'ai consommé de l'alcool...

Il recule, se penche, me regarde à nouveau, me dévisage...en fronçant les sourcils...

« Pardon, euh, Monsieur... »

« Oui ? » demande Georges...

« Excusez-moi, je vous avais pris pour le président... vous vous êtes déguisés pour les circonstances de la manifestation... ? »

« Non, vous rigolez j'espère ! »

« Mais.. »

« Mais quoi ? »

« Je ne veux pas être ridicule, vous ressemblez étrangement à notre nouveau Président... »

« Oui, et alors, ça mérite une contravention ? »

« Non, mais permettez-moi de douter... »

Il me rend mes papiers, sans même les avoir consultés...

« Ecoutez, je vous laisse partir, Monsieur... Monsieur ? »

« Monsieur Franklin... »

« Oui, je vous crois, monsieur Franklin, après tout... »

Et il montre la route, faisant des signes pour que je redémarre... je referme la vitre, je me sauve sans demander mon reste....

« Courageux, mais pas téméraire, notre agent ! Qu'importe...le doute l'a encore emporté ! C'est bien ce qui compte ! »

CHAPITRE 7

Le travail reprend dans une ambiance plutôt morose... On a l'impression que les élections ont endormi la France...

Tout le monde commence réellement à douter de l'efficacité du Président. Enfin ! C'est ce que disent les journaux...Les craintes subsistent, et même augmentent au fur et à mesure que le temps passe...

 Postiche et lunettes, je n'ai pas de raisons de m'affoler... personne ici n'a remarqué quelque chose d'étrange quant à mon physique...Je n'entends aucune réflexion désagréable sur moi. Tout en buvant un petit café, seul, dans la cafétéria, je songe... et me pose la question matérielle sur mon rendez-vous du soir, de nouveau avec le psy. Faut-il m'y rendre avec perruque ou pas.... ?

Une collègue, Samira, syndicaliste de surcroît... arrive...

« Je te sers un café Sami ? Lui demandai-je, un peu gêné qu'on me surprenne seul ici...

« Oui, c'est gentil de ta part... tu n'as plus mal au bras ? »

« Non, tu vois, j'en parle au passé... »

Puis, Samira, tout en se gloussant, me dit :

« Je vais te raconter un drôle de truc... une histoire de fou ! Qui m'est arrivée il y a quelque temps dans un restaurant... »

« Ah oui ? » Tout en avalant mon café de travers...

Je me mets à toussoter ...

« Excuse-moi, allez Raconte Sami... »

« Je me trouvais au restaurant entre les deux tours des élections. C'était un dimanche... on mangeait tranquillement, quand tout à coup, la porte d'entrée s'ouvre.... et devine qui est entré ?... »

« Ben, je ne sais pas, moi ... » toussotant de plus en plus fort....

« Tu ne devineras jamais ? »

« Je ne sais pas, le pape, le président de la république...notre chef ... »

« Le président de la République en personne... ! »

« Ah bon ? Qu'est-ce qu'il venait faire là... » Je faisais mine de rien...

« Non, mais tu t'imagines... un peu... Le président de la République en personne... là, il était assis juste devant notre table... »

« Tu l'as pris en photo, j'espère... »

« Non, j'étais tellement scotchée à ma chaise, par l'effet de surprise, que j'en ai perdu tous mes moyens... »

« Mais, tu m'as dit la dernière fois, que tu ne votais pas pour lui... »

« Bien sûr que non... mais ça fait quand même drôle... mets-toi à ma place ! »

« Oui, je m'y mets... » Pas rassuré du tout !

Puis Samira continue tout en fabulant...

« Il paraît qu'il a sa cousine par ici...en tout cas, il mangeait avec ... »

« Oui, et alors ? »

« Je voudrais bien savoir, où elle habite... ? »

« Pourquoi ? Qu'est-ce que ça t'amènerait de plus... »

« Ça m'a donné une idée pour notre prochaine grève... »

« Ah bon, mais je ne vois pas ce que la cousine pourrait faire de plus pour nous aider... ? »

« Non, tu as raison, je pense à bien d'autres choses... »

« Quoi, par exemple... »

C'est certain, elle m'intrigue de plus en plus...

« C'est top secret, pour l'instant, mais tu verras, si je parviens à ce que je veux... on va bien se marrer... »

« Tu m'inquiètes tout à coup ? »

« Hé, tu vas pas me dire, à présent que tu apprécies la politique de gauche ?... »

« Ah, pour rien au monde... »

« Alors, tu verras, je vais tenter le coup du siècle... »

 La panique s'empare complètement, mais je ne peux surtout pas lui montrer... :

« Allez, à moi, tu peux te confier, je te dirai si ton idée est valable... »

« Non, ce sera la surprise générale... »

Cette conversation me met mal à l'aise... Qu'allait-elle encore bien imaginer. Je la connais en plus très bien, cette fille n'a pas froid aux yeux.

Je repose ma tasse à café, pour emprunter l'escalier.

« Bon, je vais travailler...Mais si je peux t'être utile...n'hésite pas à me solliciter... je serai une tombe vis-à-vis de ton projet... »

« Oui, merci, à plus tard... Aujourd'hui, je remplace la guichetière, les clients vont être heureux... personne ne peut la voir celle-là ! Elle est tellement désagréable...J'aurais dû avoir le courage de demander au Président qu'il intervienne pour nous la remplacer... » Dit-elle en rigolant, tout en quittant la cafétéria...

« Qu'a-t-elle bien en tête... ? » Je remonte à mon bureau, pensif, inquiet, je me méfie de ce genre de personne qui agit en plus sans réfléchir, et sans aucune gêne...

Cette première journée, j'avais pas mal de travail à rattraper, je ne l'ai pas vu passer...Les collègues passaient les uns derrière les autres, histoire de me saluer, et de prendre des nouvelles de mon bras...

Il est presque 17 heures...

Mon portable sonne... C'est Nadine... Je décroche :

« Bonjour, Puce, tout va bien, ne t'inquiètes pas. Je n'ai pas rencontré de problèmes pour la reprise. De toute façon, mes collègues sont habitués maintenant à mon look excentrique.... »

« C'est génial. T'es sûr que tu ne veux pas que je t'accompagne chez le psy ? »

« Non, non, tout va bien...Je te jure...Je suis en pleine forme, et prêt à affronter n'importe quel problème !

« Ok, alors, à tout à l'heure... »

Je raccroche le téléphone.

Je ne suis pourtant pas aussi confiant que je le prétends. Mais qu'importe, j'ai rendez-vous à 18 heures, je m'y rendrai sans trop réfléchir à l'avance. »

Je ferme les lumières… et quitte le bureau, plein de résolutions.

<u>CHAPITRE 8</u>

J'enlève mon accoutrement... pour me rendre chez le médecin...C'est décidé ! J'y vais le plus naturellement possible. J'improviserai sur place...

Je n'aurai toujours pas la chance de rencontrer sa collaboratrice, à l'heure où j'arrive, sa journée de travail est terminée.
Je sonne, m'installe dans la salle d'attente, éternellement vide...

Mon médecin arrive pour me saluer. Et là franchement, je reste bouche bée...Non ! je ne peux pas le croire... il a revêtu son plus beau costume.... ce devait être celui de son mariage...j'ai failli éclater de rire, je me suis retenu, et croyez-moi, ce n'était pas facile...Un costume bleu marine taillé dans un tissu reluisant, une chemise d'un blanc éclatant.... et des chaussures modes, dernier cri ! Lui, qui m'a toujours reçu en Jean et basket... quelle évolution....

Sur le coup, tellement surpris, je ne sais même plus quoi penser... il me fait de la peine...

« J'ai dû le perturber sérieusement... » Pensais-je...

Il a l'air tellement pathétique...

Je réfléchis à l'idée que je suis un monstre....

« Comment faire volte-face.... » Les idées se bousculent dans ma tête...

« Le pauvre... ! Il a vraiment cru que j'étais le président... »

J'essaie de reprendre mes esprits, mon souffle...je ne sais plus comment l'aborder...

Une fois installé à son cabinet.... Je le laisse entreprendre la conversation.

« Monsieur le Président, je vous remercie d'avoir honoré ce rendez-vous, vous auriez pu l'annuler. »

Je le laisse s'exprimer…

« J'ai compris que je vous ai blessé, lors de notre première rencontre, et je tiens particulièrement à vous renouveler toutes mes excuses… Vous êtes quelqu'un de bien… »

« Mais attendez… »

« Non, ne m'interrompez pas, pour une fois… je suis fier de vous avoir apporté beaucoup de positif…malgré mon comportement idiot.

« Mais attendez…je ne … »

« Non, pour moi, ça a été un honneur d'avoir fait votre connaissance. Oui, vous m'avez donné une excellente leçon de morale… »

« Je ne suis pas le président de la république, j'ai bluffé ! »

« Cette fois, c'est moi, qui ne vous crois plus ! Je suis sûr que vous l'êtes, vous ne m'aurez plus sur ce plan… »

Je lui sors ma carte d'identité, et la glisse délicatement sur son bureau….

Il ne la regarde même pas. Il poursuit sa conversation, sans l'ombre d'une perturbation…

Comme s'il avait étudié son texte, par cœur…

Je reprends ma carte, et lui glisse alors sous ses yeux….D'un geste de la main, il repousse mon bras sur le côté et poursuit sa récitation… envers le président.

« Je vous dis que je suis Georges Franklin ! Cessez de parler, c'est moi qui vous ai menti… »

Il stoppe net son monologue, me fixe de son regard…presque foudroyant. Il me fait peur ! Oui ! C'est ça.

Quelques secondes de silence…lourdes !... son regard passe de la haine, à l'angoisse…

« Hé c'est par parce que je m'appelle Franklin, que je suis protégé contre la foudre… c'est vous qui m'avez cherché après tout… et qui vous êtes moqués de moi ! »

Dans ma lancée, je continue :

« J'ai eu mal, très mal… souvenez-vous, le premier soir… mais il est exact que cela a été une excellente thérapie. Bravo docteur ! »

Ça dépassait tout son entendement…

« A la fin ! Qui êtes- vous ? Que me voulez-vous ? C'est quoi cette histoire ? Un complot ? Vous êtes qui ? »

« Je vous l'ai dit, je suis Georges Franklin, et je suis venu chercher de l'aide auprès de vous, monsieur le psy... »

Il regarde la carte d'identité, et constate que je suis bien la personne en question....

Il se tape le front, et s'insulte de tous les noms d'oiseaux...

Je reprends dans un espèce de murmure... :

« Bon, je vous présente mes excuses... Comprenez, docteur, que ma première visite en vos bureaux a été désastreuse... vous vous êtes moqués de moi, et je l'ai mal vécu sur le coup. Heureusement, cette thérapie, sans en être une, a été vraiment bénéfique. Oui, vraiment ! Ça m'a permis de retrouver confiance en moi. La preuve, j'ai réussi à vous jouer le rôle du président.... sans bégayer une seule fois. Vous m'avez cru ! Et c'est tant mieux Je ne vous remercierai jamais assez.... »

Le psy se calme, réfléchit...

« Vous vous êtes tout de même bien moqué de moi... »

« Oui, c'était la revanche. »

« Un – un » et je lui tends la main, en signe de paix !

Il se lève et joue le jeu. On se serre les mains...

« Bon, toute cette histoire m'a perturbé... »

« Ah ! Non, vous n'allez pas recommencer ! »

« Non, promis. On passe à autre chose ! »

Là-dessus, il me demande si j'ai encore besoin d'une thérapie...

« Non. Pour l'instant, notre rencontre a été un véritable déclic ! Je pense que tout va aller, maintenant, même si, je l'avoue, c'est lourd d'être le sosie de quelqu'un que vous n'appréciez pas... qui plus est, un homme public ! »

« Je vous comprends parfaitement ! »

« Vous faites quoi dans la vie Monsieur Franklin ? »

« Je suis préposé à la poste. »

« Et vos collègues... ? »

« Excusez-moi, je me montre peut-être indiscret.... »

« Non... vous êtes mon psy, je peux tout vous raconter, après tout ! »

Je me lève alors, et sans prononcer un seul mot, sors mon accoutrement qui était au fond d'un sac, me déguise devant le miroir qui se trouvait dans son cabinet...me retourne, et dis :

« Je ressemble au Président ? »

Le rire éclate....c'était inévitable...

« Non.... franchement, vous allez au travail ainsi tous les jours... ? »

« Oui »

Le psy se tord de rire, moi avec...un rire si convulsif que quand il éclate, un rien l'anime.

« Vous voyez, un peu, ma difficulté dans cette vie ? »

« Oui, je vous plains... Je comprends mieux à présent, votre mal être.»

« Bon, vous me rassurez, docteur... »

Je retire mon déguisement, et me repeigne légèrement.

« Vous avez beaucoup d'amis, ici ? »

« Non, je viens juste d'emménager. J'arrive du Sud de la France... et j'ai tendance à vivre reclus chez moi, et pour cause... mais je marche beaucoup en forêt... c'est ce qui me sauve..»

« Moi aussi, figurez-vous, j'ai la même passion... Peut-être pourrions-nous faire nos balades ensemble, je vous trouve tellement sympathique, Monsieur Franklin. Je pourrais vous faire découvrir des tas d'endroits, ici, histoire de me faire pardonner un peu... »

« J'accepte volontiers. Vous aussi, me semblez sympathique. »

« Attendez docteur, rassurez-moi... Il y a quelque chose qui m'intrigue ! Ne me dites pas que vous pensiez réellement ce que vous disiez au président, tout à l'heure ? »

Il s'éclate à nouveau de rire...

Mon prénom c'est Antoine... si ça ne vous gêne, pas, vous pouvez m'appelez ainsi, plutôt que docteur...

« Je ne sais pas si je vais y parvenir... Vous n'avez pas réussi à m'appeler François... l'autre jour !

Impossible de prononcer un mot après l'autre, les rires ont vraiment pris le dessus.

Ils ne parvenaient même plus à parler ... les larmes coulaient sur les deux visages....

« Je reviens sur votre question quant au monologue à l'intention du Président...Non, bien sûr, j'avais écrit un semblant de texte sur une feuille... croyez-moi, j'ai dû réfléchir longtemps...Puis, je l'ai appris par cœur pour me convaincre, et surtout rester naturel...valait quand même mieux être respectable devant cet homme... »

« Je vois... »

Antoine me tend une boîte de mouchoirs, je m'essuie les yeux...

Il me demande si le prochain weekend, c'est possible d'étrenner cette première ballade en commun.

J'acquiesce, le salue, et quitte son bureau.

Juste avant de fermer la porte :

« Vous viendrez en Jean....ou en costume ? »

« Arrêtez de vous moquez... j'ai vraiment l'air ridicule ! »

Je l'entends se glousser, encore dans les escaliers...

C'est ainsi que les quiproquos peuvent donner naissance à de belles amitiés...

CHAPITRE 9

J'avais un peu de mal à me reconnaître ces derniers temps, j'étais comme transcendé par tout ce que je venais de vivre... j'étais satisfait d'aller mieux, et d'accepter, somme toute ma situation....

Nadine était ravie aussi, notre complicité ne faisait que croître, face à ces situations quelque fois rocambolesques...

Tout allait bien... je ne rechignais plus à mettre ma perruque quand il le fallait, ou à sortir en public, lunettes de soleil pour masquer un peu mon regard...

Parfois des attroupements se formaient autour de moi, j'entendais des insultes... parfois des compliments, je n'y prêtais aucune importance...Ma carapace était bien solide. Je gardais les nerfs froids... pour reprendre l'expression chère à notre président.

A la poste, mes collègues n'avaient aucun soupçon... certes, on m'interrogeait souvent sur ma tenue excentrique, sur mes lunettes, que je serais mieux avec une monture plus fine...ou sur le pourquoi de cette perruque... ?

Je répondais que je souffrais d'une pelade, et que je n'avais pas envie d'inspirer de la pitié...

Comme je leur soufflais ça avec le sourire, tout le monde me foutait la paix...

Mes anciennes collègues de Montpellier ont vainement tenté de raconter que je ressemblais au Président :

« Foutaise... Elles sont jalouses de mon physique... et puis... vous savez, je blaguais tellement sur lui, en l'imitant qu'ils m'appelaient tous François en dernier... »

Mes collègues tentaient de me faire reprendre le flambeau sur les imitations

« Au moins, une fois, allez.... »

« Non, c'est non. J'ai trop souffert qu'on me compare à lui... comprenez-moi ! »

Finalement, ils abandonnaient, dans l'espoir qu'un jour je reprendrais du service...

Un jour, Samira m'appelle à mon bureau ?

« Tu n'as pas envie de boire un petit café, histoire de passer quelques minutes ensemble... »

« Si tu veux... »

J'allais peut être découvrir son plan machiavélique...

Mon café est déjà servi lorsque je la retrouve, dans la cafétéria de service...

« Tu sais, quoi ... »

« Non, mais tu vas me le dire... »

« J'ai trouvé l'adresse de sa cousine... »

« Ah bon ? Tu m'inquiètes, là... comment tu as fait... ? »

« J'ai des relations... ça sert parfois... »

« Oui, mais, bon je ne vois pas la finalité de cette histoire... »

« Moi si... tu sais, je ne crois plus du tout, ni en la gauche, ni en la droite... je suis déçue. Si on veut marquer le coup à notre prochaine grève, j'ai trouvé l'idée... »

Elle commençait sérieusement à m'agacer...

« Bon, c'est quoi, ton plan... tu veux aller mettre le cirque, le jour-là chez elle... »

« Non... Elle n'y est pour rien, quand même sa cousine... »

« Et alors ? »

« Tu verras...je promets une belle surprise... »

« De toute façon, samedi, je ne serai pas là aux manifestations... »

« Ah bon... tu seras où ? Tu ne vas pas manquer ça tout de même... »

« Non, j'ai un rendez-vous important que je ne peux remettre... »

« Ce n'est pas grave, tu sais, la grève risque d'être illimitée... personne ne nous écoutera. Le premier jour, les négociations vont droit dans le mur... »

« Justement, raconte-moi ton idée puisque je ne serai pas là samedi, tu ne crains rien... »

« Non... je ne peux pas... désolé ! »

« Tu es vraiment têtue toi alors... Que crois-tu que le gouvernement puisse céder, face à la conjoncture actuelle... ? »

« Et bien, tu verras, mon plan va l'aider à réfléchir... »

« Je ne le connais pas, mais dans tous les cas, je n'y crois pas... et je m'aperçois que mes conseils ne t'intéressent pas... alors, débrouille toi toute seule ! »

Puis, je remonte à mon bureau...après l'avoir saluée rapidement...

 Cette folle de syndicaliste commençait lourdement à m'énerver...

Il va falloir redoubler de prudence, car l'adresse de la cousine qu'elle a trouvée, est mon adresse personnelle !

Clypsie, heureusement, veille sur nous... Une chienne vraiment géniale...difficile de pénétrer dans l'enceinte de la maison, en sa présence... le portail est loin, et elle se manifeste dès qu'elle entend un bruit de serrure. Pour ça, nous étions tranquilles...Clypsie vaut bien mieux que toutes les meilleures alarmes au monde...Pour preuve, les maisons dans mon quartier ont toutes été cambriolées, sauf la nôtre...

Nadine m'appelle, je sors de mes réflexions...

« Tu n'as pas envie de te faire un resto, ce soir ? »

« Non, pourquoi ? »

« Parce que c'est notre anniversaire de mariage... »

« Pardon, j'avais oublié... »

« Ce n'est pas grave, je comprends... »

« Je préfère justement, le passer en tête à tête, Puce...je passerai prendre un plat chez le traiteur, ça t'évitera de cuisiner... »

« Non, tu ne vas pas prendre le risque d'être pris à partie inutilement justement ce soir... ! Je m'occupe de tout... Ne t'inquiète pas... »

« Ok »

C'est pénible à la longue de ne pas être libre... à cause de son physique...Mais heureusement, je suis marié à une femme super cool... Je la trouve même fantastique !

CHAPITRE 10

La manifestation commence ce matin. La grève sera illimitée. Je suis content d'y échapper... le samedi, je suis bien mieux dans la forêt pour me ressourcer...

Nadine bosse souvent ces jours-là, fin de semaine... parce que le dimanche, personne ne se rend chez les personnes âgées... On ne peut donc pas les laisser 48 heures sans voir quiconque...

C'est pour cette raison que mes escapades en forêt ne la dérangent pas...

J'ai rendez-vous à 10 heures chez le psy. Nous partirons ensemble de chez lui.

Il a l'intention de me faire découvrir un coin paradisiaque, où il se promène presque chaque weekend...

Je décide donc d'être opérationnel, de prendre le volant vers 9 h 30...Je suis quelqu'un de ponctuel surtout lors des premiers rendez-vous... J'avais surtout envie de redorer mon blason et de laisser une bonne et nouvelle impression à Antoine, après les ratés du début...

Pour cette première sortie, j'opte pour la décision de partir sans ma chienne, elle restera à la maison... Je n'ai aucune idée précise si ce nouvel ami apprécie ou pas les chiens, je ne souhaite donc pas l'imposer ...Et puis, nous serons certainement occupés à papoter de choses et d'autres, c'est mieux ainsi !

A l'heure dite, je demande à Clypsie de sortir dans la cour devant... elle me voit, avec les gâteaux en mains, elle comprend, qu'elle ne m'accompagnera pas...Le gâteau représente pour elle, tout un schéma...

Puis je démarre...

Arrivé à la sortie du bourg, dans un rond-point, une voiture, gyrophare orange, me fait signe de me garer... C'est tout juste, si elle ne me collait pas côte à côte...Je n'avais guère le choix, dirais-je... je m'exécute...

Et puis subitement, je vois des gens débouler et ouvrir ma portière... je panique, j'ai peur... surtout, je ne comprends rien à leur jeu ! Tout cela en quelques secondes, même pas le temps de réagir...

Quelqu'un me pousse et s'installe à ma place au volant...

J'ai cru ma dernière heure arrivée...

Les passagers, montés à l'arrière, me ligotent les mains à l'aide d'une corde... c'est quoi ça ? Qu'est- ce que vous me voulez ? Je suis complètement apeuré ... C'est un rapt ? Une prise d'otage ? Je délire...

Je sors à peine de maitriser une situation qui me pèse depuis 13 ans...je ne comprends pas soudain ce qui m'arrive.

Derrière, quelqu'un me parle...

« Ne vous faites aucun souci... nous venons de vous kidnapper pour les besoins de notre grève. Si vous vous comportez normalement, sans nous poser de problèmes majeurs, vous serez bien traités. Nous n'avons aucune intention de vous nuire ou de vous tuer... Monsieur le président de la république...Il faut une fois pour toutes que vous acceptiez nos exigences. Vous serez libérés dès que les papiers seront signés... »

« Quoi ? » Atterré et scandalisé tout à la fois !

« Mais je ne suis pas le président de la république, Vous vous trompés... »

« Moi, non plus, rassurez-vous, je ne suis pas Benoit XVI... »

« N'essayez pas de vous débattre, ça ne sert à rien... »

« Mais je vous dis que... »

« Moi non plus, je vous répète, je ne suis pas le pape... »

Je comprends alors, que je fais l'objet d'une erreur magistrale, que le piège s'est de nouveau refermé sur moi ! Le dialogue devient inutile !

Je regrette amèrement que ma chienne ne m'ait pas accompagné. Jamais, ils n'auraient osé me toucher avec elle...

J'allais, de plus, manquer mon rendez-vous avec Antoine, qu'allait-il penser, encore ? Que je m'étais fichu de lui...Que j'étais vraiment le président de la république... ? Que je lui avais de nouveau menti ?

La voiture roule jusque dans le centre de Nancy...

Dehors, des centaines de manifestants, prêts à battre le pavé, dressaient des banderoles insultantes vis-à-vis de notre président, et des élus...

Je demande :

« Mais pourquoi autant d'insultes, laissez-le au moins démarrer son mandat... »

« Non, nous vous avons déjà cerné... vous ne ferez rien pendant cinq ans.... »

« C'est pas moi qui peut faire... »

« Vous voyez, vous n'en avez rien à foutre des salariés... »

« Non, mais ce n'est pas ce que je voulais dire... »

« Vous faites erreur, laissez-moi au moins vous expliquer... »

« Vous signez nos exigences, vous parlerez après... »

Je n'ai plus le choix, il va falloir patienter... puisque je n'ai aucun pouvoir d'accepter leurs revendications...Ils finiront bien par comprendre leur méprise.

Là encore, j'admets que j'ai beau vouloir faire des efforts, ça ne sert strictement à rien ....

CHAPITRE 11

Je suis seul, dans une vieille pièce qui doit servir de bureau et qui, de surcroît laisse échapper une odeur âcre de papiers emplis de poussières...

Apparemment, on m'a largué au deuxième étage...

Le reste de la matinée s'écoule, sans que quiconque s'inquiète de mon sort...

J'entends beaucoup de remue-ménage en dessous.
Quelqu'un a eu la diligence de m'apporter un sandwich aux heures de midi, et un verre d'eau.
J'ai toujours les mains liées, mon portable ne m'a pas été dérobé, mais il a été éteint.
Laissé à une distance d'un mètre, je ne peux appeler quiconque...

Je n'ai bien sûr pas eu l'occasion de prouver mon identité.

Ils sont certains d'avoir kidnappé le président de la république, et c'est moi, qui en fait les frais !

Mes pensées vont vers Nadine... comment va-t-elle réagir ? Je peux compter sur elle, au moins, elle saura prendre toutes les mesures nécessaires. Grace à elle, je passerai la nuit dans mon lit ! Mais est-elle au courant ? Elle, qui ne s'informe pratiquement jamais....ne regarde pas les infos à la télé... Sûre, Elle va paniquer quand elle ne me verra pas rentrer...

Je réfléchis à ma nouvelle condition de captivité... Surtout, rester calme, et faire face intelligemment à cette bande de fous furieux...et agités !

Plus je tente de leur expliquer qu'ils font erreur, plus j'attire les foudres. Ils finiront bien par réaliser qu'ils se sont trompés....

Un journaliste a été convié pour me prendre en photo, et ainsi justifier aux yeux des français, la captivité providentielle du président de la République... Il a pris au moins une vingtaine de photos de mon sandwich... qui ne présente pourtant aucun intérêt aux yeux de tous ! Après tout, il n'y a pas de honte à s'offrir un sandwich, même en temps normal...

Subitement, un groupe de grévistes entre dans la pièce où je suis séquestré....Un technicien m'allume un téléviseur, me le branche sur une chaîne d'info. On me laisse également un téléphone fixe, à distance...qui, dit-on pourra servir pour les négociations.

Ils ne semblent pas nerveux, ni effrayés... mais sûr de leur coup...

L'information est remontée jusque l'Elysée...

La conseillère du président les informe via le téléphone que Monsieur Hollande est en Allemagne actuellement, auprès de la chancelière, qu'ils font erreur... Les présentateurs journalistes à la télé n'y comprennent plus rien...

« Le président de la République français aurait apparemment été kidnappé ce matin. Il est retenu dans des locaux en Lorraine...par des grévistes en colère...Pour l'heure, nous n'en savons pas plus sur cette situation. Pourtant, il nous semblait qu'il se soit dirigé, ce matin, vers l'Allemagne, afin d'y rencontrer son homologue...Serait-ce au cours du parcours et de l'itinéraire emprunté qu'il se serait fait piégé. J'appelle mon envoyé spécial, qui est sur place...

« Pouvez-vous nous en dire plus sur cette information ?

« Oui, voilà, je me trouve devant les locaux où se trouve actuellement le Président de la République...

Il est bien traité, je vous rassure. Ici, les grévistes sont déterminés à faire aboutir les négociations au plus vite. Je pense, qu'elles vont commencer dès cet après-midi. »

« Mais, comment en est-on venu à cette solution si radicale... ? »

« Je ne sais pas. Il est certain, que si les pourparlers aboutissent, ils en profiteront pour négocier une sortie honorable à ce kidnapping... La crise et le désarroi des français les poussent à commettre ce genre d'exactions, que je qualifie bien sûr de négative !

« Vous nous confirmez que c'est bien le président de la République qui est retenu comme otage... ? »

« Certain. C'est moi qui l'ai photographié, ce matin, et qui tourne les vidéos... »

« Pourtant, on nous confirme à l'Elysée que c'est une fausse information... »

« Écoutez, je pense que la surprise de cette info a dû perturber l'ensemble du gouvernement... et toute son équipe. »

Je vous remercie, je vous rappellerai un peu plus tard....

J'appelle celui qui semblait être le second négociateur :

« Oui ? »

« Comment pourrais-je vous expliquer ?... je ne suis pas le Président... mais Georges Franklin... »

« C'est cela. Au lieu de tenter une échappatoire quelconque, je vous laisse de la lecture, faites-en bon usage, si vous souhaitez regagner la capitale au plus vite... »

Et là, il me tend un dossier épais contenant toutes les revendications de mes ... collègues.

Je n'en avais que faire !

« Pourrais-je avoir un grand verre d'eau gazeuse, s'il vous plait ? »

« Oui, je vous le fais porter... »

« Puis-je passer un coup de fil à mon épouse ? »

« Vous voulez dire, votre amie dans la vie... »

« Oui, c'est mon amie, c'est certain, ma femme aussi ! »

« Comme vous voulez. Lisez d'abord les différents points de ce dossier. Promis, après je vous la laisse appeler. »

« Monsieur, vous rendez-vous compte que vous me prenez en otage, et que vous risquez une lourde condamnation sur le plan pénal... ?

« Notre intérêt, c'est d'aboutir à du concret... après on avisera, d'accord ? Je vous engage donc à lire... si vous voulez téléphoner après... ! »

Inutile d'insister devant cet entêtement idiot !

Je vais attendre mon verre d'eau, cela m'évitera peut être la migraine face à une lecture technique qui va pour sûr, me prendre la tête...

Pendant ce temps, Nadine est toujours chez une de ses mamies, elle finit de lui préparer son repas ...

La télé est allumée, et elle entend effectivement l'information, la capture...

Elle reste figée devant le poste de télévision... elle voudrait bien crier ses angoisses soudaines, mais elle n'en a pas le droit, surtout ne pas perturber cette pauvre personne...

Elle comprend que son mari est en difficulté, et qu'il y a eu une nouvelle méprise. Il faut qu'elle attende de quitter son travail pour réagir...

Elle tente de l'appeler, en vain…Georges ne peut pas répondre.

« Ça ne finira donc jamais… ? » soupire-t-elle…

Le temps lui paraît long pour finir le travail auprès de sa patiente. Heureusement, le son du téléviseur est poussé au maximum pour la mamie qui est presque malentendante. Elle peut ainsi suivre le direct d'une pièce à l'autre, impatiente d'en finir. Son mari a besoin d'aide. C'est certain.

CHAPITRE 12

Le téléphone local sonne en permanence.

Ça parlemente de tous les côtés... certains s'énervent lorsqu'on tente de démentir l'information, d'autres répondent qu'ils sont « le pape ! »...

A la télé, Le président est intervenu en direct pour démentir le kidnapping...

« Ce n'est pas du direct, c'est de l'intox.. ! Il est ici en chair et en os... » Entendait-on parmi les grévistes.
Samira rejoint le groupe.

J'allais peut être enfin lui parler et la convaincre de me relâcher.
Un de ses collègues l'apostrophe :

« Dis, tu es certaine que c'est bien le Président que tu as capturé ce matin avec ton équipe... ? »

« Certaine... »

« Il paraît qu'il est en Allemagne... »

« Hé oui, mais pour se rendre en Allemagne, l'itinéraire passe par la Lorraine, Non ? »

« Oui, exact...Je doute cependant... »

« Tu doutes de quoi ... ? Sa cousine habite ici, il a fait un détour pour lui rendre visite, il a eu tort ! C'est tout !

Cependant, certains commençaient à rester dubitatifs...

Moi, pendant ce temps-là, je consultais le dossier, sommairement, bien sûr, enfin, je faisais mine...

A l'Elysée, c'était la confusion totale... Certes, il avait démenti, mais ce n'était pas suffisant.

Il faut pourtant trouver une sortie honorable pour le président ... le lendemain, c'est dimanche, ils ne peuvent pas l'abandonner ainsi, faut réagir vite ! Les commentaires vont bon train... La nouvelle s'est répandue comme une traînée de poudre... Les chaînes d'info tournent en continu « émission spéciale ».

Je regrettais de ne pas avoir mis ma perruque ce matin, et mes lunettes...

A quoi bon se lamenter... c'est trop tard !

Je ne peux plus que compter sur Nadine !

Antoine, quant à lui... est furieux de ne pas voir son nouvel ami débouler à dix heures...Il se pose énormément de questions, quant à son honnêteté..

« Il m'a encore eu, si ça se trouve, ce n'était pas le sosie, la dernière fois...

Je me mets aisément à sa place, le doute est légitime.

Il a attendu une bonne heure, et a décidé de filer tout seul en forêt. Il devait quand même être mal à l'aise.

Lorsqu'il est rentré de sa virée hebdomadaire, il a allumé sa radio, et là, comme tout le monde, il a suivi les nouvelles du kidnapping du président de la république, mais n'a pas fait le rapprochement. Pour lui, c'était un fait divers comme un autre...sans plus ! La politique, il s'en foutait.

Samira s'approche de moi.

« Puisque vous prétendez vous appeler Georges Franklin, un homonyme d'un collègue à moi, d'ailleurs, que je connais bien... dites-moi, simplement : si, demain vous êtes élus Président, quel sera votre première action ? »

Je ne m'étais jamais posé la question...

Je réfléchis quelques instants...

« Je baisserais immédiatement les charges des entreprises afin qu'elles puissent recruter... »

« Euh ! Mais cette résolution n'est ni de gauche, ni de droite...à ce que je sache ! »

« Ah bon ? Vous trouvez ? »

« Vous savez, la politique et moi ... »

« Samira ? »

« Oui ? »

« Je suis votre collègue de travail ! je porte une perruque au travail ainsi que des lunettes à grosses montures rouges... je vous ai évoqué le fait que je souffrais d'une pelade, souvenez-vous ! C'est faux... en fait, je me cache en permanence, pour éviter de dévoiler que je suis un véritable sosie du président de la République... »

« Georges ? »

« Oui ! Alors cesse cette mascarade, tu t'es trompée... »

« Non, c'est pas possible, tu te joues de moi là ? »

« Impossible, la cousine que tu disais avoir vue au restaurant, c'est ma femme, Nadine. »

« Mais alors, c'est toi qui joue ce jeu à la con dans les restaurants et qui crée la pagaille ? »

J'avais honte...

« Oui ! »

« Tu t'es moqué de moi, quand je t'ai raconté mon histoire, la dernière fois, alors ? »

« Je n'avais pas envie de te répondre, mets-toi un peu à ma place... »

Samira, soudain explose :

« Je vais être ridicule aux yeux de tous mes collègue. Je ne peux plus reculer...tu t'imagines un peu ? Toutes les télévisions du monde sont braquées sur nous ! Je suis obligée d'aller jusqu'aux négociations, à présent... tant pis, joue le jeu jusqu'au bout, c'est de ta faute, tu n'avais qu'à m'avertir avant... »

« J'ai tenté ! Je t'avais suggéré de m'appeler... Je te l'avais dit aussi, que ton idée ne mènerait à rien... mais tu te braquais ! »

Un syndicaliste, nous voyant en grande discussion s'approche.

« Il y a un problème Samira ?

« Non, non tout va bien... »

« Tu ne me donnes pourtant pas cette impression ? »

« Si, rassures toi. Rejoins les autres, il va falloir que je m'entretienne avec vous tout à l'heure... »

Puis elle s'adresse de nouveau à moi :

« Écoute, j'ai peut-être une solution, laisse-moi réfléchir cinq minutes... »

« Une solution à quoi... ?

« On est engagé, on va jusqu'au bout... »

« Je te le répète, laisse-moi cinq minutes.»

Samira était mal, mais pas autant que moi...

« Bon, je vais prendre l'air... Tu as intérêt à la fermer, jusqu'à ce que je revienne ! tu as compris ? »

« J'accepte, à condition que tu me le demandes sur un autre ton, un peu plus poliment, je n'y suis pour rien si tu t'es fourrée dans de sales draps. Moi, vois-tu, je n'ai qu'une hâte, c'est de dormir dans les miens ce soir ! »

« Excuse-moi, Georges, je suis perdue ! Bon, je peux compter sur toi ? Oui ou non ? »

 « Quelques minutes, mais fais vite...je voudrais passer un coup de fil à ma femme ! »

« Là, tu m'en demandes de trop. J'aviserai après, de toute façon, tu ne peux plus rester ici, mon plan a foiré. Je compte sur toi, pour patienter encore un petit peu. Ok ? »

« Oui, fais vite... Mets-toi à ma place ! »

Elle quitte la salle, déboussolée, et je suppose, qu'elle s'isole un peu, histoire de trouver une solution honorable pour elle et tous ses collègues.

CHAPITRE 13

Les quelques minutes avaient duré au moins une heure.

Samira revient près de moi, avec un sourire en demi-teinte de victoire.

« Excuse-moi, ça m'a pris un peu plus de temps que prévu... »

« Pour faire quoi ? » demandai-je nonchalamment.

« Je me suis trompée, je te l'accorde... Vis à vis de mes collègues, il faut que je rattrape le coup, sinon, ils vont me lyncher... »

« Ils auraient raison... »

« Oui, mais j'ai trouvé la solution qui va plaire à tous... »

« Et pour moi ? Car je commence à en avoir assez d'être ici... »

Je soupire longuement en disant cela.

Elle aussi d'ailleurs !

« J'ai appelé l'Elysée... c'est pour cela que c'était long ! »

« Tu n'es pas fatiguée avec toutes tes manigances ? »

« Non, comme je n'ai pas pu parler au président de la République, j'ai eu sa conseillère. Je lui ai expliqué le quiproquo, que j'étais navrée, mes collègues aussi, qu'on ne lui voulait aucun mal au départ, juste qu'il nous accorde une augmentation, tu comprends, on en a tous marre de notre pouvoir d'achat qui diminue... »

Elle soupire encore :

« Je me suis vraiment excusée ! »

« Et ? »

« Je lui ai suggéré qu'il serait mieux pour notre Président qu'il sorte en héros de cette histoire, car mine de rien, les chefs d'états de tous les pays sont au courant de sa capture...La France risque d'être la risée du monde entier ! Que l'on pourrait donc peut être mettre à profit cette occasion pour donner une superbe image de la France...et de notre Président. »

« Et alors, elle t'a rabrouée, je pense ? »

« Non, justement, j'ai négocié avec elle afin d'obtenir le pardon du Président pour cette erreur magistrale, s'il accepte... Elle me rappelle tout à l'heure, le temps de s'entretenir avec lui sur cette idée d'un plan qui pourrait lui être agréable... »

« Quel plan ?

« Tu verras, j'attends son appel. »

« Dès que j'ai obtenu sa réponse, je te promets, tu pourras joindre ta femme par téléphone. »

Samira retourne vers ses collègues, et parlemente avec eux. Je suppose qu'elle les fait patienter... elle ne doit pas être très à l'ase !

Je l'aperçois quelques minutes après, le téléphone en main, se diriger vers la sortie.

Ouf ! Pensais-je, peut-être la fin de mon calvaire...

Effectivement elle revient, radieuse près de moi !

« Le président a accepté. Je viens juste de raccrocher avec sa conseillère. Il dit qu'il le fait uniquement pour toi, Georges ! Pour ce qu'on t'a fait subir. »

« Moi, je m'en fous, ce que je veux, c'est être libéré ! Tu comprends ? Oui ou non ? »

« Ne t'énerve pas, s'il te plait, la situation est déjà assez compliquée comme ça ! »

« Je t'explique. Le Président ne pourra pas passer ce soir. Il viendra demain, il fera un détour lorsqu'il rentrera d'Allemagne, il nous a évoqué l'heure de midi...d'ici là, il a demandé que tu sois libéré, mais que tu restes dans nos locaux jusqu'à son arrivée...Il faut que tu acceptes, sinon tu fais tout « foirer »...D'ailleurs, nous allons tous rester à l'attendre. »

« Ok. Mais là maintenant, il faut que j'appelle ma femme. Je suis libre ? »

« Certainement. Mais je veux être sûre que tu acceptes de dormir ici cette nuit. Tu pourrais quitter les lieux, et ne plus revenir... j'ai besoin que tu me promettes... »

« D'abord, j'appelle ma femme. Donne-moi mon téléphone. »

« Pendant ce temps là, je vais voir mes collègues, pour leur expliquer tout…. j'ai bien peur qu'ils le prennent mal. Je n'ai pas le choix ! »

J'ai enfin retrouvé mon portable…

« Nadine, c'est moi, Georges… »

« Ouf ! Enfin, que s'est-il passé, ils t'ont séquestré ? »

« Oui, comme d'habitude, ils m'ont embarqué par erreur… »

« Comment vas-tu mon Gastounet ? »

« Bien, je te rassure… »

« Et alors, quand rentres-tu ? »

« Pas avant demain. C'est trop long à t 'expliquer par téléphone. Je vais passer la nuit ici, mais libre de mes mouvements. Si tu le souhaites, tu peux venir me retrouver. Occupe-toi de la chienne avant, c'est plus prudent ! »

Après avoir raccroché, j'entends un tumulte chez les grévistes. Samira parlementait… elle a certainement beaucoup de peine à les convaincre ! Certains doivent lui en vouloir méchamment !

« C'est son problème, après tout, le mien est déjà difficilement supportable… »

Au bout d'un long moment, elle revient vers moi.

« Alors, tu es décidé à rester ici ? »

« Je n'ai guère le choix. Aussi ai-je proposé à ma femme, de me rejoindre ici.»

« Pas de problèmes, je te libère. »

« J'ai faim et soif, toutes ces émotions m'ont creusé l'appétit »

« Oui, je peux l'admettre … Un barbecue a été allumé. Ce soir, ce sera grillades pour tous. »

« Tu peux enfin m'expliquer ton plan pour demain ? »

« Là, c'est trop me demander… »

Nadine arrive. Je lui raconte alors ma mésaventure, dans les moindres détails.

Elle n'avait peur que d'une chose, c'est que je sombre à nouveau dans une dépression.

J'en profite également pour appeler Antoine.

« Bonjour, Georges Franklin à l'appareil… »

Silence de plomb...

Allo, c'est Georges, pardon pour ce matin. Ce n'est pas le Président qui a été kidnappé, ils se sont trompés... Ils m'ont embarqués moi... »

« Non, c'est pas possible ! »

« Si. Je viens juste d'être libéré, à l'instant... enfin partiellement libéré. »

« C'est une histoire de fous... »

« Comme vous le dites ! Oui ! J'aurai certainement besoin de vous. Toutes ces histoires commencent par m'éreinter... »

« J'ai bien entendu ce midi, à la télé, cette histoire, mais je n'ai pas fait le rapprochement... Non, Vous avez été capturé à sa place ? Quelle histoire encore, décidément, je commence doucement à me mettre à votre place... »

« Il est temps, vous voyez, ma douleur est telle que je vous l'ai expliquée.... »

Le médecin tente alors de me rassurer, calmement :

« Allez, vous êtes fort... vous allez vous en remettre... Mais si vous le souhaitez, je passerai demain matin vous voir. D'accord ? »

« Merci, c'est sympa. »

Les journalistes au dehors, avaient reçu l'ordre de ne plus commenter cette affaire, de faire patienter les auditeurs, d'entretenir le doute jusqu'au lendemain. Le dénouement de cette affaire est proche, disaient-ils, sans plus...

CHAPITRE 14

Les sols sont jonchés de sacs de couchage. Chacun replie le sien, il est impératif de rendre une atmosphère chaleureuse pour la visite officielle. Les journalistes qui avaient été conviés au diner du soir, nous avaient promis de l'aide pour le lendemain. Ils ont tenu parole.
Moi, je n'ai presque pas dormi. Mes traits sur le visage, et les cernes sous les yeux accusent la fatigue.

A présent, tous mes collègues, à la poste, connaissent mon secret....ça me rend furieux et triste à la fois. L'enfer du Sud est remonté jusqu'au Nord. Plus besoin de fuir...Ma vie va se transformer de nouveau en véritable cauchemar...ou si ! Fuir de nouveau.... aller à l'Ouest... mais à quel prix ?

Antoine arrive.
« Bonjour » me dit-il en s'esclaffant... »

« Bonjour »

« Excusez-moi, mais votre histoire prête à rire... Décidément, vous ne ratez jamais l'occasion ! »

Je souris timidement, mal à l'aise...

« Allez, tournez ça en dérision... il le faut pour votre moral. Après tout, vous êtes en vie, d'ici quelques heures, tout sera fini... »

« Oui, mais comprenez-moi, au travail... ils savent tout ! »

« Quelle économie de temps le matin... plus besoin de vous travestir » ajoute-t-il toujours avec le sourire. »

« Je vous aiderai, Georges, promis... qu'à une seule condition ! »

« Laquelle ? »

Je ne comprenais pas subitement pourquoi un médecin émettait des conditions pour soigner un patient...

« Nous avons scellé un pacte d'amitié, souvenez-vous. On ne revient pas dessus ? »

« Non. »

« Alors, je vous aiderai, mais uniquement par amitié... Je vous sortirai de cet enfer, laissons la médecine de côté, si vous êtes d'accord ? »

J'étais ému par sa proposition ... »

« D'accord, mais je vous en ai tellement fait voir ces derniers temps ! »

« C'est ça l'amitié. »

Il me tend la main pour sceller à nouveau ce pacte. J'accepte.

« Allez, maintenant, je veux vous voir sourire... »

Il me tape amicalement dans le dos... son rire devient communicatif, et je craque moi aussi...

Ça ne pouvait que me détendre...

« Vous savez, hier, j'ai cru que je m'étais encore fait berné avec vous lors de notre dernier entretien... j'étais en colère contre moi ... Maintenant, je suis rassuré à cent pour cent... »

« Si vous avez le temps, vous pouvez attendre. Le vrai... président ne va pas tarder à arriver. Vous ferez une photo des deux...., ainsi on jouera au jeu des différences ! »

« Evidemment que je veux assister à un tel événement, je ne veux rater ça pour rien au monde ! »

Il y avait beaucoup d'effervescence en attendant. Tout le monde était affairé aux préparatifs.

Une salle avait été réquisitionnée pour y préparer un lunch.

Les boissons arrivaient. Il fallait sustenter le Président. À l'heure de midi, il aurait une petite faim...comme nous tous...

Les micros sont branchés. Les journalistes font des essais. Les caméras prennent place... la tension monte.

Tu connais le programme ? me demande Antoine.

« Pardon, je te dis « tu »...d'accord ?

« Non, ils ne veulent pas m'en parler... »

« Laisse-toi faire alors... tu ne risques plus rien... »

« Ma chienne me manque, j'aimerais mieux être dans la forêt avec elle… »

J'en profite pour le questionner sur les animaux…

« Au fait, tu as un chien ? »

« J'en avais un, oui. Un berger allemand…Quand il est mort, je ne l'ai pas remplacé. J'ai trop mal vécu sa disparition… »

« Tu as besoin d'un psy ? »

Il s'éclate de rire…

« Je vois que tu vas mieux ! Mon ami… »

« Si j'emmène ma chienne lors de nos futures ballades, ça te dérange ? »

« Pas du tout, elle sera la bienvenue ! Je n'ai pas peur des poils de chiens non plus… et de plus, je suis équipé, j'ai un vieux 4/4, avec une barrière à l'arrière.»

D'un seul coup, tout le monde court aux fenêtres.

« Il arrive ! » dit Samira.

« Que de voitures d'officiels… » Lance-t-elle.

Elle s'approche de moi et chuchote :

« Je compte sur toi, Georges, tu joues ton rôle de captif jusqu'au bout… »

« J''ai le choix ? Non ! Alors. Tu apprendras que je ne suis pas un mauvais bougre ! »

Le président arrive à l'étage, suivi de toute une cohorte.

Il a l'air perdu, il regarde de tous les côtés…

Samira le dirige vers moi…délicatement, et avec diplomatie. Elle n'a pas froid aux yeux ! et surtout, elle ne se dégonfle pas.

« Monsieur le Président, je vous présente Georges Franklin, qui a été pris en otage hier matin, par erreur… »

Il hésite quelques secondes, me regarde avec étonnement, me salue puis surpris de voir son portrait en double :

« Je me vois dans le miroir » s'étonne-t-il.

« Moi aussi » dis-je timidement…

Il me contemplait comme si j'étais une bête de cirque….

Il s'adresse à moi, presque sournoisement... :

« Je me pose des questions depuis hier. Ce n'est pas la première fois que vous vous faites passer pour moi... j'ai eu vent d'une visite impromptue dans un gymnase ou un club de sport...dernièrement...c'était vous ? »

Je le regarde, confus, plus que gêné...

« Oui... j'avoue. Ce n'est pas de ma faute. J'ai beau expliquer que je m'appelle Georges, que je ne suis pas le président de la République, personne ne m'écoute ! et surtout, personne ne me croit...»

« Quand même... vous étiez en Jogging ! »

« Oui » et tout en disant cela, je me mets à rire doucement...

Je ne vais quand même pas endosser un costume, chaque fois que je sors, sous prétexte que je suis votre sosie... »

Faisant mine d'être inquiet... :

« Vous avez été offusqué Monsieur le Président ? »

Sur le fait, j'ai été surpris, inquiet. Mais, comme j'avais une envie curieuse de découvrir mon double... alors j'ai préféré faire abstraction de tout commentaire et de démenti sur cet article ! Je me suis dit que je finirais bien par trouver une occasion pour vous rencontrer ! Voilà qui est fait à présent ! »

Les journalistes interpellent le Président pour qu'il se présente aux micros.

« Quelques minutes encore, je voudrais m'entretenir avec Samira... »

Là-dessus, il s'éloigne un peu avec la chef négociatrice, à l'origine de tous mes maux...

Les caméras sont toutes braquées sur notre local, dans l'attente d'une déclaration....

Les journalistes à la télé se montrent impatients...

On me prépare un peu, on me farde pour cacher les traits tirés.... j'avais l'habitude de me travestir, pas de me maquiller...

Antoine se marre.. .

« Tu es la star du jour ! »

« Ce n'est pas moi le Président, je ne suis que le sosie... »

Le chef d'état se présente enfin au micro, devant les caméras.

Tous les officiels se placent derrière lui.

« Chers français, françaises, bonjour. Je suis ici, dans les Locaux à Nancy pour une bien triste affaire. En effet, les télévisions du monde entier ont diffusé ma capture hier matin. Je vous avoue que ce n'était pas moi. J'étais en visite officielle à Berlin. L'Elysée a démenti, pourtant la confusion a régné. Je n'excuse en aucun cas, cette façon illégitime de procéder pour obtenir satisfaction dans les négociations, et je condamne cet acte mal odieux.

Néanmoins, dans cette affaire, et depuis hier, j'ai pris conscience des difficultés de cette entreprise, et si je ne peux intervenir sur le plan des revendications, j'ai été ému par un seul homme qui a payé à ma place, cette captivité.
Aussi, je vous présente Monsieur Georges Franklin, ici présent, la victime. »

Toutes les caméras se braquent vers moi...

J'imaginais les gens chez eux dirent : « oh... ça alors !... Incroyable !...

Je ne savais quelle attitude adopter... rester figé, ou bien sourire...

Je suis resté figé !

Le Président reprend :

« Vous avez tous compris que Monsieur Franklin est mon sosie. Heureusement pour moi, malheureusement pour lui. C'était moi la cible ! Monsieur Franklin est retenu en captivité depuis hier à ma place, et je me dois de le dédommager...A la question qui lui a été posée par une de ses collègues, une complice de ce rapt : il a répondu qu'il ne prétend à aucun préjudice, ni dédommagement de ma part... qu'il souhaite simplement un geste collectif du gouvernement pour donner un coup de pouce aux salaires...et enfin, que je pardonne aux ravisseurs, qui se sont d'ailleurs largement excusés... »

Là je dis tout bas : »

« Quel culot, Samira, elle ne m'a rien demandé du tout... quelle menteuse ! »

Le président reprend :

« C'est une homme généreux, et plein de bonté. Je vais donc accéder à sa demande en offrant un réajustement des salaires de un pour cent, et comme il faut savoir mettre un terme à toute histoire, je confirme que je ne traduirai pas les grévistes devant la justice, je les abandonne à leur conscience. Quant à Monsieur Franklin, il est libre de les poursuivre. »

Le président termine, en répondant aux questions des journalistes, pendant près d'un quart d'heure encore.

Puis les télévisions reprennent leurs émissions. Les journalistes remballent leur matériel.

Aux informations, on évoque cette drôle d'histoire, mais on prédit déjà que le Président va marquer les français par sa générosité, et surtout sa marque de sympathie pour un homme qui a payé à sa place, le fait d'être retenu pendant 24 heures. Les journalistes racontent déjà des tas d'histoires sur la vie de Georges, à son insu, bien sûr, comme s'il était une sorte de curiosité....

Les festivités commencent. Le temps est compté. Tous les officiels doivent regagner la capitale.

Le Président s'approche de moi, et discrètement, m'éloigne un peu, il a quelque chose à me demander...

« Sincèrement, je vous présente toutes mes excuses pour cette bizarre affaire. Je suis confus, mais vous me ressemblez tellement ! »

Il reste là, à mes côtés, pensif !

« Maintenant, que je suis seul avec vous, les micros sont débranchés, je voudrais vous dédommager personnellement... »

« Je ne veux rien, je ne souhaite rien, juste un peu de gratitude envers moi... Je ne suis pas une bête de cirque...Ma vie est un véritable enfer, je vis très mal cette ressemblance... »

« Le président fronce les sourcils :

« Vous n'avez pas honte quand même ? »

« Non, pas du tout. Mais je ressemble fort à un homme public, politique en plus, et ça devient ingérable dans ma vie...Avec tout le respect que je vous dois et que je vous porte..»

« Je comprends. »

« Vous êtes en phase avec mes convictions politiques ? »

« Je préfère être franc avec vous, pas du tout ! »

« C'est tout en votre honneur, Monsieur Franklin, et j'apprécie votre franchise.... je comprends mieux votre mal être... »

Il continue :

« De toute façon, j'ai beaucoup d'amis, de différents partis. Entre gens intelligents, on peut se comprendre et s'aimer. »

« Je partage votre opinion. Vous voyez, on a déjà un point positif. »

« Pourrais-je me permettre, Monsieur Franklin, et ça m'honorerait, de vous demander votre numéro de téléphone ? »

« Pourquoi faire ? Je n'espère rien, ne vous croyez pas obligé. Vous avez répondu à ma demande publiquement, l'affaire est close. J'ai envie qu'on m'oublie. »

« Samira m'a expliqué toutes vos difficultés dans la vie, que vous vous rendez au travail, presque travesti... tout cela m'ennuie, c'est un peu à cause de moi, et de ma notoriété, si votre vie est en partie gâchée. J'aimerais bien pouvoir vous aider en compensant ....Je suis le Président quand même ...

Samira avait raconté tout ! Là, elle n'avait pas menti...

« Je veux être reconnu en tant que Georges Franklin.. On ne cesse de me comparer à vous. J'existe, je suis un être indépendant, qui a sa vie, sa personnalité, ses émotions. Mais vous n'y pouvez rien. »

« Je vais réfléchir au problème. Vous avez tout de même vécu ce drame pendant près de 24 heures. Si vous me l'autorisez, je vous rappellerai personnellement, j'ai peut-être une idée... »

Je lui confie sans conviction et avec amertume, mes coordonnées. Nous regagnons l'assemblée qui se délectait devant de nombreuses réductions lorraines.

Antoine me félicite.

« Chapeau, je suis fier de toi. Il faut maintenant que tu acceptes totalement ton physique, ton visage et que tu vives sans complexes. Compte sur moi...Si tu veux, je termine les soirs, à 18 heures. Dès demain, on se fait l'escapade ratée du weekend. »

« Et surtout, n'oublies pas ta chienne, elle aussi, la pauvre, doit être déboussolée... »

<u>CHAPITRE 15</u>

La vie reprit son cours... je partais tous les matins dans mon costume, le plus naturellement possible....J'avais rangé perruque et lunettes...

Les collègues venaient me voir à tour de rôle, prétextant...des dossiers à me remettre, ou toute autre babiole...

Tous se confondaient en remerciement pour l'augmentation de leur salaire. La grève s'est terminée sans obtenir d'autres compensations, mais les faits qui s'y sont déroulés ont calmé les esprits agités pour quelque temps.

Le lendemain, dans les journaux, on parlait beaucoup de cette affaire de kidnapping... Mais le président en sortait vainqueur, son image n'était pas écornée. J'étais satisfait.
Samira, elle aussi, vient me rendre visite, à la première heure...

Elle apporte deux cafés que nous buvons dans mon bureau.

« C'est mieux ici, pour la discrétion que la cafétéria... »

Je la trouve complètement abattue...

« Tu m'en veux ? » me demande-t-elle.
« Mets-toi un peu à ma place... ce n'est même pas le rapt en lui-même qui m'a mis en colère, mais ton comportement après... les soi-disant questions et réponses que tu as imaginées pour moi, tu as raconté ma vie aux médias sans me connaître réellement.... c'est volé ma personnalité... ! »

« Oui »

Elle poursuit :

« Je suis confuse, et en colère contre moi. J'ai eu peur, j'ai senti tout à coup, la terre se dérober sous mes pieds… »

« Alors j'ai dérapé dans du n'importe quoi, je l'admets… »

« Cette nuit, aussi, j'ai pensé à toi. La douleur que tu ressentais… je n'aurais jamais imaginé qu'un sosie puisse vivre une vie comme la tienne. J'ai essayé de me mettre à ta place… tu es quelqu'un de fort, tu sais… »

« Merci. »

Samira sort un mouchoir de sa poche puis murmure d'une voix presqu'imperceptible, sous l'emprise de l'émotion, et de la repentance :

« Pardon ! »

Tout en tournant et retournant son café, elle poursuit, la tête basse, scrutant le fond de sa tasse :

« Tu vas déposer plainte contre moi ? »

Je lui fais répéter, je n'ai pas compris.
Les sanglots l'ont totalement envahie. Je perçois :

« Tu vas déposer plainte contre moi ? »

Je lui réponds sèchement, j'essaie de garder mon sang froid, même si je l'avoue ma sensibilité a été touchée :

« Samira, je ne déposerai pas plainte. Il faut cependant que tu arrêtes de juger les gens sur leur physique, ou leur accoutrement, et comprendre que derrière un visage, il y a des valeurs humaines, souvent indécelables… C'est valable surtout pour toi, tu te braques sur une minable augmentation, tu t'entêtes, tu te lances dans des projets sans réfléchir, et, sans te rendre compte que tu peux détruire toute une vie ! »

Je rajoute même :

« La tienne et la mienne ! »

« Ici, j'étais bien avec ma perruque et mes binocles, je passais inaperçu ! »

« Je te remercie, Georges, je te dois tout ! Hier, j'aurais pu finir en prison, comme une malpropre, si tu n'avais tenu ton rôle jusqu'au bout. »

« Tu es consciente de ce que tu as fait… ? »

« Je suis idiote, j'étais braquée sur un scoop, ça m'a complètement aveuglée… »

« Comment pourrais-je te prouver toute ma gratitude, en contrepartie, tu as été tellement génial... »

« Allez toi aussi ! Car tu as pu retourner la situation à l'avantage de tout le monde avec beaucoup de courage. Qu'est-ce que vous avez tous à vouloir me dédommager ? »

« C'est normal. Et surtout, je dois payer... »

« Tu t'es excusée. C'est suffisant. Ta réflexion sur mes conditions de vie me réjouit. Je ne veux rien d'autre que la paix. Surtout ici, à mon travail, tu comprends, j'y passe beaucoup de temps... »

« Dans le Sud à Montpellier, ma vie était devenu un enfer... Je ne veux pas que ça recommence ici... »

Samira se lève, se penche vers moi, me fait une énorme bise :

« C'est promis. Ici, on te foutra la paix. Crois-moi, je vais m'en charger. Tu es un type qui vaut la peine qu'on se batte pour toi !!! Je l'ai compris à mes dépens. Tu peux compter sur moi. »

« De toute façon, je n'ai plus le choix, je suis maintenant à visage découvert.... »

Elle quitte mon bureau, soulagée. Avant de refermer la porte, elle me fait un clin d'œil... elle allait mieux ! C'est certain... Et moi aussi !

CHAPITRE 16

Antoine court, Clypsie se prend au jeu. La chienne l'a adopté de suite... Elle a du ressentir la chaleur qu'il dégage et son amour pour le monde animal !

Cette fois, notre rendez-vous s'est bien passé, sans problème.

Nous étions en pleine forêt, à courir, puis marcher, parfois, même à errer de ci de là...

Mon téléphone portable sonne. Je ne réponds pas. Je ne connais pas le numéro. Je savoure le plein air des bois, la détente, la liberté.

Nous papotons beaucoup. Antoine me raconte des bribes de sa vie, comment il en est arrivé à devenir Psy. Moi, je lui raconte certaines anecdotes, les plus croustillantes sur les méprises avec le Président.

« N'empêches que tu as fait l'objet d'une sacrée médiatisation avec toute cette affaire... »

« Oui, dans le fond, je me fiche pas mal de tout ça, je n'ai même pas lu les journaux, ça ne m'intéresse pas... »

« Tu as tort. Imagine que le Président te propose des petits remplacements pour le soulager quand il est fatigué ! »

« Non, je te jure, je ne me prêterai jamais à ce jeu, je n'ai pas ses convictions politiques, je ne peux mentir ou raconter des choses dont je ne crois pas un traitre mot ! »

« Vos photos sont mises côte à côte sur le journal. Juste la tête. Un jeu a été lancé pour savoir qui est le vrai ou le faux...Tu ne t'imagines même pas ? Je n'ai pas trouvé ! »

« Ah bon, tu me donnes la photo, moi je trouve... »

« Oui ? »

« J'ai moins de Kératoses sur le visage que lui, c'est normal, je suis plus jeune ... tu sais, les boutons de vieillesse... »

« Oui je connais, je suis médecin à la base... »

« Pardon, je l'avais presque oublié ! »

« Et je t'en trouve d'autres aussi, par rapport aux rides frontales...Ce ne sont que des détails, bien sûr, imperceptibles quand on le rencontre pour la première fois ! »

Notre conversation est soudain interrompue par un appel. C'est Nadine !

« Il faut que tu rentres tout de suite. Il y a des tas de journalistes, ici devant la porte, des caméramans... tu verrais, c'est effrayant, le monde qui se bouscule au portail. »

« Ne panique pas Puce. Tu me vires tout ce petit monde gentiment. Ok ? »

« Mais ils ne m'écouteront pas... »

Je réfléchis quelques instants...

Antoine me voyant blême subitement, me questionne...

Je lui raconte que les médias sont à ma porte, que je vais avoir du mal à rentrer chez moi !

« Fais leur savoir que tu es sur Paris....par exemple ! »

« Oui, tu as raison, je vais leur donner une fausse piste ! »

Je reprends la conversation avec Nadine.

« Bon j'ai un plan et surtout reste calme, ma puce. Tu sors gentiment tu n'ouvres surtout pas le portail. Tu leur expliques qu'ils perdent leur temps ! Que je suis parti sur Paris, en mission spéciale, que je ne serai pas de retour avant dix jours. Tu y parviendras ? Je connais maintenant ton côté débrouillard et culotté .....

« Oui, fais-moi confiance... Mais pourquoi, ne veux-tu pas leur parler ? Après tout, tu ne risques rien ! »

« Si je commence avec eux, j'en terminerai jamais.... adieu notre tranquillité ! »

« Comme tu veux ! »

Le téléphone en mains, je l'entends sortir et parler aux journalistes. Elle n'a pas raccroché, la communication est toujours en cours. Certains insistent, persiflent même, elles les rabrouent gentiment :

 « Ce n'est ni l'heure, ni le moment, vous comprenez ? Et, si vous revenez dans dix jours, je ne vous promets rien, mon mari n'a guère envie de raconter sa vie. Il préfère se faire oublier... »

Nadine me fait comprendre, que les journalistes râlent, crient leur colère par exaspération, mais qu'ils rebroussement chemin. L'incident est clos !

Je profite de ce moment pour consulter le message, qui m'a été laissé un peu plus tôt, lorsque je n'ai pas voulu décrocher.

« Bonjour, ici la conseillère du Président de la République. J'ai un message à vous transmettre de sa part, pourriez- vous, s'il vous plait, me rappeler au numéro ...... »

J'appuie sur la touche 3 pour réécouter le message, et je file le combiné à Antoine...

« Mon Dieu, mais ils ne te lâchent plus... »

« Je crains le pire. J'appellerai et j'aviserai. J'ai pourtant été clair vis-à-vis du Président que l'affaire était terminée pour moi... »

« Oui, tu as raison, ne te laisse pas envahir, c'est toi jusqu'à présent, qui gère ta vie, et Dieu sait qu'elle n'est pas banale. Il faut absolument que tu te protèges... »

« Ça va être compliqué, je crois ! »

Nous descendons le chemin de la forêt, qui nous ramène à la voiture d'Antoine...

« Si je peux te rendre service, Georges, n'hésites surtout pas à m'appeler. Même la nuit, je décroche... on se sait jamais ! Ne reste pas enfermé avec tes problèmes, tu peux te confier, je suis ton ami ! »

« Merci. Je ne regretterai jamais d'avoir fait ta connaissance. »

Il me ramène à mon véhicule, et me propose de me suivre discrètement jusqu'à mon domicile. Ma rue était finalement déserte.

A peine déshabillé, j'essaie de rappeler la conseillère.

« Oui, bonjour, je suis Georges Franklin, vous m'avez laissé un message il y a une heure... »

« Bonsoir, le Président souhaite vous convier à l'Elysée, vous et votre épouse, samedi de semaine prochaine. »

« Mais à quelle occasion ? »

« Je ne le sais pas moi-même. Il m'a juste confié cette mission de vous avertir. Si vous l'acceptez, je dois vous faire parvenir une invitation par retour du courrier. »

« Vous me prenez de court. Je réfléchis, je vous rappelle d'ici dix minutes. »

« C'est légitime. A tout à l'heure, Monsieur Franklin. »

J'expose à Nadine cette nouvelle difficulté qui, pour elle n'en est pas une.... Elle accepte de suite. Son principal souci, c'est celui de sa garde-robe !

« Ça te dérange si je demande à Antoine de m'accompagner ? »

« Non, si le Président accepte, lui aussi. »

« S'il veut me voir, il sera bien obligé de se plier à mes désirs. C'est moi qui gère ma vie, pas lui ! »

J'appelle Antoine...

« Allo c'est Georges.. »

« Hé bien, tu n'as pas perdu de temps pour suivre mes conseils. J'en suis ravi. Que t'arrive-t-il ? »

« J'ai rappelé la conseillère. Je suis invité Samedi prochain, à l'Elysée avec mon épouse. »

« Tu as accepté, j'espère. Ne serais-ce qu'une visite sommaire de leur résidence, ça vaut le coup d'œil ! »

« Je n'ai pas donné de réponse encore. Je dois la rappeler. Je souhaite poser mes conditions, tu comprends ? »

« Oui, lesquelles ? »

« Que tu fasses partie du voyage. »

« Mais tu m'honores... je te remercie. Mais tu crois que ... »

« Je te remercie d'avoir dit oui. Tu es un chic type ! »

Antoine rigole...

« Toi alors ? »

« D'ailleurs dorénavant, si les manifestations de ce genre se multiplient, je souhaite que tu deviennes le garde du corps de mon âme... c'est ton métier non ?

« J'accepte si c'est par pure amitié. »

« Je t'enverrai par mail, la copie du carton d'invitation. »

Je rappelle la conseillère.

« J'accepte l'invitation du Président, à condition qu'il tolère que nous venions à trois, je ne me sépare jamais de mon ami Antoine, le psy ! »

« Il n'y aura aucun problème, je pense. Je transmets votre message dès ce soir, au Président.
Vous recevrez le carton sous 48 heures.

CHAPITRE 17

L'Elysée nous a invité en « grande pompe », respectant le protocole présidentiel...Il n'est pas question de voyager en train ou TGV...

Antoine patiente déjà devant le portail lorsque le chauffeur arrive à 6 heures, comme prévu. La chienne fait partie du convoi ! Le président m'a gentiment convié de l'emmener. Tout simplement, il m'a fait comprendre qu'il ne voulait pas jouer le trouble-fête, en me séparant d'elle encore une fois à cause de lui. Un de ses employés la gardera, et la promènera dans les jardins réservés aux chiens des différents présidents. Je ne m'étais pas fait prier.

Nous roulons sur Paris. Ma femme, et mon ami sont plutôt décontractés. Bien sûr, j'ai la peur au ventre, enfin, oui, j'avoue, je suis mal à l'aise...

Nadine a fait quelques emplettes vestimentaires pour l'occasion. Antoine et moi, avons revêtu chacun nos plus beaux costumes...

Le chauffeur me regarde bizarrement... il a toutefois la délicatesse de ne pas faire de commentaires... Je suis certain qu'au fond de lui, il n'y comprend rien ! Il se montre peu bavard durant tout le voyage. Sa conduite est souple, en somme un vrai professionnel.

Il nous dépose devant la cour présidentielle du palais de l'Elysée. Une conseillère nous mène jusqu'à l'entrée. Un employé nous demande de lui confier Clypsie. Nous prenons quelques minutes pour les recommandations. Son amour des chiens transpire aisément sur son visage, il a l'expérience requise. Mais c'est certain, j'ai toujours de la peine à abandonner ma chienne...Quelques journalistes prennent des photos... des badauds se promènent de ci de là, nous observant avec beaucoup de curiosité.

Puis, on nous fait patienter dans le vestibule réservé à cet effet. Le cadre est majestueux.

Le Président de la République arrive.

Il nous salue, nous questionne sur le déroulement de notre voyage. Le stress ne m'a pas quitté, au contraire, la pression monte, mes mains sont moites...! Mais, en même temps, je reste en extase devant toutes les dorures, les tableaux, la grandeur des décors.

« Décontractez- vous, Monsieur Franklin. Cette visite n'a aucun caractère officiel. Je souhaite simplement vous faire plaisir, vous remercier, compenser la souffrance que vous avez subie à cause de moi. Vous êtes mon sosie, que vous le vouliez ou non, et je vous prouverai que ce n'est pas qu'un inconvénient... je tenais à vous offrir ce privilège de visiter les lieux ici même. Nous déjeunerons dans mes appartements privés au 1 er étage. J'ai fait réserver le salon des portraits, intime et idéal pour le repas de midi. Vous aurez également droit à la visite des cuisines et de nos caves.

« Merveilleux, s'exclame Nadine ! » ne sachant plus quoi dire devant tant de fastes !

« Si vous le permettez, votre épouse et votre ami vont déguster un petit café, en attendant la visite des lieux, le temps que je m'entretienne avec vous quelques instants ! »

« Tous pour un, un pour tous... Monsieur le Président, ne le prenez pas mal, mais je n'ai rien à cacher. Je souhaite que ma femme participe à cette discussion privée, mon ami aussi.

« Bon, alors, Je n'y vois pas d'inconvénient. »

On aurait même dit que c'est ce qu'il souhaitait... il montrait un large sourire !

« Veuillez me suivre jusqu'au salon doré, c'est au premier étage. Je vous devance, pardonnez-moi. »

« Je vous en prie. »

Nous le suivons tous les trois, jusqu'à son bureau, en traversant des couloirs tous plus magnifiques les uns que les autres. Nous prenons place. Les lieux sont prestigieux, la vue sur le jardin unique !

Gênés par tant d'honneur, nous ne savons trop comment réagir, je pense que notre maladresse doit l'amuser.

« Monsieur Franklin, je reste encore confus de ce que vous avez subi à ma place. Vous êtes quelqu'un de sobre, généreux et votre bonté me touche. »

« Monsieur le président, pour vous être sympathique, je vous répète que cet épisode est clos pour moi. »

« Je le sais. Aussi ai-je réfléchi un peu sur vos conditions, et vos difficultés à vivre avec ce poids sur votre tête.... veuillez m'excuser pour ce jeu de mots... ! »

« Je souhaite, ainsi, que vous le vouliez, ou non, réparer ce fâcheux incident ! »

Je ne perds pas le sens de la répartie, j'objecte immédiatement :

« Votre seul défaut, Pardon, pour cette franchise, c'est d'être un homme public... »

« Je l'ai voulu en toute conscience, vous non ! »

« Aimez- vous les chevaux ?

« Je ne vois pas le rapport ? »

« Répondez à ma question : Aimez- vous les chevaux ? »

« Oui, je les adore... »

« Voilà une réponse qui me plait. »

Je ne vois pas du tout où il veut en venir ! Je m'inquiète de plus en plus...

« Votre vie à Nancy vous plaît-elle ? »

« C'est compliqué de répondre à votre question. Je suis natif du Sud, comme mon épouse, et nous avons dû fuir, vous l'avez compris. J'arrive juste en Lorraine, j'ai peu d'amis ni de connaissances, et je vis avec ce handicap qui me pourrit la vie... C'est pénible pour moi d'évoluer ainsi, sans cesse, avec une perruque et des binocles... Heureusement, depuis quelque temps, je me suis lié d'amitié avec Antoine, qui m'apporte beaucoup de réconfort dans cette tourmente. J'ai une jolie maison, du terrain, pour ma chienne. Voilà, je vous ai résumé la situation... »

« En fait, que vous soyez à Nancy ou ailleurs, pourvu que vous ayez la paix, votre ami, votre femme, une maison et votre chienne, si j'ai bien compris, peu importe le reste... »

« Je ne vois toujours pas où vous voulez en venir... »

« Monsieur Franklin, j'ai vainement tenté à plusieurs reprises de vous apporter mon soutien. Vous répondez toujours par un « non » franc et massif ! Je contourne donc le problème, afin d'y trouver une solution qui vous sied. »

« J'ai pardonné à ma ravisseuse. Mes collègues sont contents pour l'augmentation. Vous voyez, il n'y a pas de quoi poursuivre ! »

« J'ai compris ! Vous êtes quelqu'un de simple, et c'est tout en votre honneur Monsieur Franklin. »

« Cependant, si je vous trouve une maison, un terrain, accepteriez-vous un poste rémunéré ici, à l'Elysée. Je m'explique, je dois recruter une personne pour la garde républicaine. Comme je suis résident de l'Elysée depuis peu de temps, je souhaite, aussi, avoir à ma disposition un médecin psy compétent, qui pourrait dynamiser mon moral... Pour mettre donc fin à ce problème qui me mine, depuis que j'ai fait votre connaissance, je m'adresse directement à Monsieur Antoine : accepteriez-vous d'être mon soignant, si, je vous en fais la demande officielle ? »

Je reste stupéfait d'entendre une telle proposition...c'est un comble !

Je tente désespérément de faire du pied à Antoine, afin qu'il tourne son regard vers moi, et surtout lui montrer mon désaccord.

J'espère qu'il va refuser...

Antoine, m'ignore totalement. Il regarde le Président :

« J'accepte volontiers, Monsieur le Président. C'est un honneur pour moi. »

« Monsieur Franklin, vous voyez, si votre ami reste ici, vous ne pouvez pas refuser mon offre... »

J'ai chaud subitement, je ne sais plus quoi penser... Antoine n'a pas hésité l'ombre d'un instant...

Je ne pouvais pas lui demander un temps mort, histoire de consulter ma femme et mon ami... ils étaient là ! J'en avais accepté le principe dès le départ. Je me sens piégé.

« Je réponds timidement :

« Bien sûr que non ! »

Voilà, j'ai pensé que je pouvais vous offrir un poste dans la garde républicaine. Vous aimez les chevaux, vous passerez beaucoup de temps avec eux, vous porterez un casque en permanence, pendant le travail. Vous serez donc à l'abri de tous les regards...J'ai un ami qui loue des petites villas bien sympathiques...du côté de Rambouillet, à l'orée du bois...Vous n'aurez que l'embarras du choix !

« Ici, à l'Elysée, tout le monde va me confondre avec vous...le problème reste entier ! »

« Oui, j'y ai pensé. J'ai également résolu ce problème. »

« Ah oui... ? »

« J'ai remarqué votre élégance dans vos tenues vestimentaires. Votre jogging était magnifique, très classe ! Il a fait le tour de France grâce aux journaux ! Vous voyez, je me suis bien amusé, mais j'ai trouvé les photos très belles ! »

Il sourit, et moi aussi. Puis, d'un air presque ironique, il ajoute :

« Comme c'est étrange de regarder son double ! Ça me trouble... »

Je ne réponds pas. Il poursuit :

« La seule contrainte, donc que j'imposerai, c'est de ne plus porter de cravates... mais des nœuds papillons ou des foulards texans. J'avertirai l'ensemble des parlementaires, du gouvernement, ainsi que les employés. Ainsi, il n'y aura plus aucune confusion possible entre nous. Si vous êtes d'accord, je vous offrirai moi-même ces gadgets....

Je ne réponds toujours pas. J'étais tellement choqué et atterré que je ne savais plus quoi dire, ni plus quoi répondre... oui ? Non ?

Antoine m'a coupé « l'herbe sous les pieds »....Le président a joué de toutes ses ruses !

Il n'attend pas ma réponse. Il fait celui qui s'en désintéresse.
Il s'adresse à Nadine :

« Madame, que pensez-vous de cette offre ? J'attends une réponse sincère de votre part... »

« Vous savez, que je sois sur Paris, ou Nancy, l'essentiel, c'est que mon mari s'épanouisse dans une vie où il se sent libre, décomplexé... »

Là, le président tourne son regard sur moi...haussant légèrement les épaules, me faisant un signe d'homme convaincu !

Je ne dis toujours rien.
« Bien, dit le Président... une équipe vous attend dans le vestibule, je vais vous y conduire Vous allez avoir l'honneur de visiter l'Elysée en VIP... Je vous retrouve tout à l'heure pour le repas. »

La visite des lieux est magistrale aussi bien celle du palais, que des jardins. Elle laissera certes des émotions uniques. Antoine était admiratif comme un enfant, émerveillé par le moindre décor !

Moi, je reste pensif !

« Je n'adopterai jamais la gauche ! »

Antoine sourit :

« Tu n'auras jamais l'occasion d'avoir une si belle offre...Réfléchis... Ici, tu vas être au paradis, tu as assez souffert... tu vas enfin pouvoir prendre la revanche sur ta vie... »

« Oui, toi tu acceptes, et comment vas-tu faire pour le supporter s'il te parle sans cesse, de son programme ? »

« Je suis médecin, je ne me mêle pas de politique. Je respecterai son choix. C'est tout. »

La pause repas arrive. Le guide officiel nous conduit au premier étage, faisant un petit crochet par les cuisines, où une véritable armada d'employés s'active chacun à ses tâches.

Le Président s'approche de moi, et me murmure :

« Alors, convaincu ? »

« Je ne serai jamais d'accord avec votre politique... »

« Merci pour votre sincérité. Heureusement d'ailleurs, si tout le monde adoptait mes idées, il n'y aurait plus de débats. »

« Alors, c'est oui ? »

« Je risque de perdre définitivement, mon travail sur Nancy, alors imaginez que ce nouveau job ne me plaise pas... »

« J'y ai pensé. Rassurez-vous, votre employeur vous laisse un an de disponibilité. Vous aurez ainsi tout le temps pour vous y habituer, sans risque... »

« Vous avez déjà appelé mon bureau ? »

« Oui, ne m'en voulez pas. Votre directeur est tellement content, qu'il n'a pas hésité une seconde. Sans vous mentir, il vous souhaite une vie enfin sereine et heureuse... »

« Dans ce cas ... Je n'ai plus qu'à dire oui... »

« Vous avez vécu un drame, alors que je ne suis qu'au début de mon mandat... vous avez été kidnappé à ma place, supposez demain qu'un fou veuille tirer sur vous, à ma place ? Avec moi, vous serez protégé. J'y veillerai pendant vos déplacements. Cela fera partie du contrat. »

« Exact. J'accepte alors pour ma famille.... »

« Vous voyez, que ce n'est pas difficile de prendre une décision. Bienvenue Monsieur Franklin dans vos nouvelles responsabilités. »

Il me confie alors qu'il prendra à sa charge le déménagement, qu'il nous fera conduire dès l'après midi auprès de son ami, afin de faire un choix sur notre nouveau domicile. »

Les événements se passent ainsi. Antoine choisit lui une petite maison, à l'entrée du bois. Nadine et moi, signons pour une petite villa, quelques centaines de mètres plus loin.

Le soir, le chauffeur nous ramène sur Nancy. Clypsie sautille, folle de joie de retrouver son maître. Moi, je n'ai qu'une hâte, c'est de retrouver mon tube d'aspirine !

<u>**CHAPITRE 18**</u>

Le lundi suivant, Samira me retrouve dans mon bureau. Elle m'apporte un café.

« Félicitations ! J'ai appris la nouvelle ! »

« Déjà ? »

« Oui, ici, tout le monde est au courant ! »

« Alors, tu commences quand ta nouvelle prise de fonctions ? »

« J'attends les consignes. Bientôt, c'est certain. Dans un mois, j'habiterai Rambouillet ! »

« Tu as de la chance, tu sais ! Tu mérites sincèrement de vivre une belle vie, à présent ! »

« Nous allons organiser une fête pour ton départ. Ton épouse et ton ami seront invités.

« Pourquoi une fête... ? Je pars en toute discrétion... et puis, dans un an, je serai peut être de retour ... »

« Oui, on le sait bien ! Mais on veut te mettre à l'honneur. Tu as été un chic type... »

«Mais, Je le suis encore, non ? »

« Bien sûr ! C'est moi qui me charge de toute l'organisation des festivités, ce sera dans dix jours. Cette fois, tu seras bien présent ? »

« Alors, je crains le pire ! Si je ne viens pas, tu me kidnappes ? »

« Tu veux bien oublier un peu cet humour caustique ? Tu sais, ça me fait mal...»

« Tu me connais, je n'apprécie pas trop ce genre de manifestations... »

« Tu y seras obligé ! Ce sera ta fête ! Et sans postiche ! N'est-ce pas ? »

Je souris.

« Elle est passée à la poubelle. Ça me rappelait trop de mauvais souvenirs ! »

« Tu nous feras un discours, Président ? » s'esclaffe-t-elle

« Tiens, pourquoi pas ! J'imiterai la voix solennelle du Président, ses mimiques, son sourire, et je promettrai à tous une belle augmentation ! »

« Inutile, tu ne pourras pas tenir la promesse... »

« Justement, je ferai comme tous les Présidents... »

Le rire s'installe, dans la bonne humeur, et l'humour s'invite. Cette fois, nous étions en plein délire.....

J'avais plaisir à la voir décontractée aussi ! Après tout, elle avait agi sur un coup de tête, sans trop réfléchir aux conséquences, mais elle était une chic fille ! Depuis, elle cherchait la moindre excuse pour se faire pardonner...

« Tiens, j'ai une idée, veux-tu que je t'écrive le discours ? Bien sûr, je te le confierai la veille, pour que tu puisses t'en imprégner...et changer quelques phrases, si tu n'es pas d'accord sur tout ! »

« Oui, pourquoi pas, ça m'évitera une migraine supplémentaire. J'ai eu l'occasion de te voir à l'œuvre, tu es douée pour discourir à ma place... »

Antoine m'appelle sur mon téléphone privé :

« Georges, avant de quitter cette région, j'aimerais que tu me rendes un petit service ? »

« Lequel ? »

« Je suis un peu gêné de te demander ça ! »

« Allez vas-y, explique moi ! »

 Antoine m'avoue alors par le passé, qu'il a eu une liaison avec une femme, et qu'elle l'avait quitté, prétextant qu'il n'était qu'un minable. Il voulait se venger. Il la côtoyait encore parfois, et il souhaitait lui en mettre plein « la vue » avant de quitter Nancy.

Je comprends alors, que je dois jouer encore une fois, un rôle qui ne m'appartient pas !

« Je suis d'accord, à condition que ce manège ne dure que quelques minutes. Comme je serai en tenue officielle, je t'amènerai à la frontière, Nadine a trouvé un restaurant qu'elle veut découvrir avant de déménager. Nous irons tous les trois, je t'invite.

« Merci. C'est super sympa. »

Samira a quitté entre temps mon bureau, discrètement. Je dispose de temps pour finir certains dossiers, et compiler les autres.

J'ai beau vouloir me concentrer, mes pensées s'envolent vite, mon imagination me conduit déjà vers les chevaux ! Ce rêve est certainement le plus valorisant de tous.

La fête a lieu ce soir. Samira, m'a confié le discours. Je ne l'ai pas relu ! Je lui fais confiance.

En fin de journée, Antoine me rejoint, heureux de passer cette fête à mes côtés. Nadine arrive, peu de temps après. Mais je suis prié d'attendre, seul, dans mon bureau.
Samira m'appelle par téléphone, la salle est prête...
Je monte à l'étage. J'ouvre, et à ma grande surprise, je constate que tous mes collègues portent un masque de notre président.... »

Je pars dans un fou rire que j'ai du mal à contenir !

« Eh bien, chers collègues, ... Vous m'avez bien eu ! » Tout en imitant le vrai président !

J'essaie de prononcer mon discours... tous m'écoutent en faisant un bras d'honneur....et du vacarme pour m'empêcher de parler...

« Des promesses, rien que des promesses... ! »

 L'ambiance est partie...

Je ressens à ce moment-là, une chaleur lourde d'amitié de la part de tous...

« Vous allez me faire regretter le choix de quitter cette région ! »

Bref, la fête se poursuit jusque tôt, le lendemain matin.

Pour une fois, je sais que je ne fuis pas... je vais volontairement vers mon nouveau destin.

Avant de quitter Antoine, et dormir quelques heures, je lui joue ce jeu de mots :

« Ta thér... happy » m'a rendu la joie de vivre... »

« Bien joué. N'oublie pas, que samedi, tu as une mission à remplir auprès de mon ex... »

« Oui, je me souviens. »

Là aussi, je dois endosser le costume pour l'occasion ! Au moins, je ne l'ai pas acheté pour rien...

J'ai pour mission, de l'accompagner à son bureau, d'agent immobilier, elle sera seule !
Antoine a tout calculé. Il est même plus qu'impatient de lui jouer ce petit tour à sa façon.

Nous nous présentons, à l'heure dite, le samedi. Nadine patiente dans la voiture.
Antoine frappe à la porte du bureau de son ex, entre le premier, je lui emboîte le pas.

Bonjour Maryse, je t'amène un client comme prévu, à la recherche de locaux dans la région…Choquée à ma vue, paniquée, elle se lève, trébuche dans le pied de son fauteuil. Je la retiens de justesse ! Lui évitant le pire. Il m'a fallu contenir un rire moqueur…

Elle était rouge de honte, et manifestement en colère, contre son ex-copain !

« Mais, tu aurais pu me prévenir… »

« Pourquoi ? C'est inutile, tu es toujours confiante… »

« Oui, mais là, ce n'est pas pareil ! »

Je m'insère alors dans la discussion :

« Vous louez bien des locaux, dans votre agence ? »

« Non, je les vends… »

« Pourtant, nous avions convenu d'un rendez-vous…. Vous me faites perdre mon temps ? Dommage pour vous alors, je trouverai une autre agence, ce n'est pas grave ! »

« Antoine, venez » je prends cet air solennel …tout en lui indiquant la sortie !

« Ici, il n'y a rien d'intéressant, je suis déçu ! Il y a bien des agences, avec un personnel compétent… Non ? »

Nous sortons immédiatement ! Antoine, le sourire jusqu'aux oreilles, ravi d'avoir pu la ridiculiser, et moi soulagé d'en finir ! Nous étions ivres de bonheur… comme des gosses, qui viennent de faire un sale coup !

Antoine me remercie pour ce geste, me tend la main et me susurre :

« Tu es plein de bravitude ! Cher Georges ….

Les convulsions nous reprennent, nous étions tous deux sur le trottoir à rire à gorge déployée.
Nous prenons ensuite la direction du Luxembourg, à l'adresse que Nadine nous confie.

Je donne toutes les recommandations à Antoine, afin d'éviter qu'il ne commette aucun impair au cours du repas…Il n'a pas l'entrainement que nous possédons….

« Tu vois, moi, ce rôle, je le connais par cœur ! Je suis dans mon élément ! Toi, par contre, tu vas devoir jouer le jeu à la perfection ! On inverse pour une fois ! »

Antoine ne rechigne pas. Il apprécie les bons repas, il espère surtout ne pas me décevoir…

Nous nous garons sur le parking réservé à la clientèle.

J'entre en premier, dans l'auberge, et m'exclame :

« Bonjour, messieurs dames ! »

Comme d'habitude, la surprise engendre le chaos !

Je n'espère pas moins. Nos coupes arrivent ....dans une confusion totale....

Nous trinquons alors à notre nouvelle vie parisienne, ignorant totalement l'effervescence engendrée par notre arrivée inopinée. La panique autour de nous, ne nous émeut même pas !

 Une autre vie commence !